キミと僕の最後の戦場、
あるいは世界が始まる聖戦
Our Last Crusade or the Rise of a New World
著 細音啓
イラスト 猫鍋蒼
JN105065

神は遊戯(ゲーム)に飢えている。3

細音 啓

MF文庫J

Character

《登場人物》

God's Game We Play

フェイ

近年最高のルーキーと称される期待の使徒。レーシェ＆パールと新チームを結成する。

レーシェ

本名はレオレーシェ。3000年の永き眠りから目覚めた元神様のゲーム大好き少女。

パール

転移の能力を持つ使徒。全自動思い込みガールと呼ばれるほどの破壊力のある性格。

ネル

マル＝ラの元使徒。再起を賭けた戦いに挑むが…。

Chapter

Prologue　賭け神（ブックメーカー）

God's Game We Play

小さな亜空間。

もっとも小さき神々（エレメンツ）の遊び場と、「神」自らが称する場（フィールド）で。


『何を言っているんだい人間？』

「すべて狙い通りだって言ってんだよ」


問う神と、答える少年の声が続けざまに響いた。

前者は多相神グレモワール――ミミック、シェイプシフター、ドッペルゲンガーとも呼ばれる賭け神（ブックメーカー）。

この神々（エレメンツ）の遊び場で、仲間である少女ネルの姿に化けている。

その神に向けて――

フェイは、予め用意していた言葉を突きつけた。

「このゲームは俺の勝ちだ」

『……何？』

「お前がこのゲームを受けた時点で俺は勝利を確信した。どう転んでもな。そしてその通りに終わったんだよ」

勝利宣言。

戦線布告を飛び越えて「既に勝った」という宣言を突きつける。

「ネルにもそう言っただろ。勝てば万々歳だけど、負けて落ちこむ必要なんてない」

「……え？」

その言葉に。

血の気を失って呆然(ぼうぜん)と膝を突いていた黒髪の少女が、ゆっくりと顔を上げた。

ネル・レックレス。

神々の遊びを三勝三敗で引退。

再起(カムバック)のため「他人(フェイ)の三勝」を賭けて賭け神(ブックメーカー)に挑んだが、結果は敗北。再起(カムバック)の夢が潰(つい)えただけでなく、人類の希望である「他人(フェイ)の三勝」を台無しにしてしまう最悪の結果を引き起こした。

なのに——

勝利宣言したのはフェイだった。

その意味がネル本人もまだわかっていないに違いない。だから。

「よし交代だ」

呆気にとられていたネルの肩を叩いて、フェイは気丈に笑んでみせた。

「……で。腑に落ちてないって表情だな」

ネルにではない。

彼女に化けた多相神グレモワールこそが、この場でもっとも訝しげな眼差しでこちらを睨みつけてきていた。

「すぐに教えてやってもいいけど――」

琥珀の瞳でこちらを見つめる神へ。

「次は俺が遊んでやるよ。答え合わせはその後だ」

そして。

物語はここから九十六時間ほど遡る――

Player.1　ルインにお帰り

1

この地上の支配者は誰か？　人間か？

そう訊（たず）ねられたなら、誰しもがこう答えるだろう。「否（いいえ）」と。

大陸のいたる所に浮島のごとく点在する離れ都市（アイルシティ）。そこを一歩離れれば、人間にとって未知の世界が広がっている。

――秘境。

恐竜（レックス）と呼ばれる巨大原生生物が闊歩（かっぽ）する草原に、人間が一時間と経（た）たずに倒れる灼熱（しゃくねつ）の砂地獄、さらには船をも丸呑（まるの）みにする巨大水棲（すいせい）生物の潜む海。

つまるところ。

都市から都市を移動するのは、それくらい命がけの行為なのだ。

「……マル＝ラに行くときも思いましたが、鉄道ってすごいですよねぇ」

大陸鉄道。

都市と都市とを繋ぐ線路を進む特急列車で、金髪の少女パールが、窓ガラスの向こうをぼーっと眺めていた。

「外は気温五十度の荒野でも、列車の中はこんなにも快適です。ねえレーシェさん？」

「そうねぇ」

相づちを打ったのは、炎燈色の髪をした少女だ。

竜神レオレーシェ――

愛らしい面立ちに、神秘的な琥珀色の瞳をした美少女だ。

霊的上位世界から降りてきた本物の神さまなのだが……そんな威厳はどこへやら。当のレーシェは手元の携帯ゲームに没頭中である。

「あ、向こうに毒サソリ！　ここからは小さく見えても全長二メートルもあるんです！」

「ふぅん」

「この荒野の開拓も、さぞかし大変だったでしょうね」

「まあねぇ」

携帯ゲームから目を離す気のないレーシェ。

先ほどから常に適当な相づちなのだが、パールはパールで、外の景色に夢中らしく気づく様子はない。

「このルイン行きの線路も、きっとのべ何千何万って人たちが頑張ったからでしょうね。ネルさんもすごいと思いますよね！」

「……再挑戦（リトライ）……再起（カムバック）……いける、やるんだ私……！」

「ねえネルさん？」

「……はぁ……はぁ……くっ、恐れるな私。私はできる女だろ。決意を力に変えるんだ。フェイ殿の貴重な一勝を賭けるのだから」

聞こえていない。

ネルと呼ばれた黒髪の少女は、列車の四人ボックス席で、自分の太ももに拳をあててずっとブツブツと呟（つぶや）き続けている真っ最中だった。

「あのぉネルさん」

「……何としてでも賭け神（ブックメーカー）に……」

「ふぅ」

「ひゃあっ!?」

隣席のパールから耳に「ふっ」と息を吹きかけられ、ネルがその場で飛び跳ねた。

「な、何をするんだパール!?」

「ネルさん、意識が別の世界に飛んでましたです」

「…………あ」

ネルがようやく我に返った。

一心不乱に独り言を呟いていたことも無自覚だったらしい。

「すまないパール。フェイ殿も……せっかくこうしてご一緒させて頂いているというのに、私一人でこんなに空気を重くしてしまって……」

「ああいや、俺も考え事してたところだし」

自分もある意味似たもの同士だ。

一人ずっと物思いに沈んでいたネルとは別の意味で、物思いに耽っていた。

——あるゲームへの伏線。

今後の「神々の遊び」で必要になるかもしれない、その作戦の推考に没頭していた。

「ネルが考えてたのって再挑戦か？」

「と、当然だ。フェイ殿の一勝を賭けることの重みは私だって理解している！」

ネルは引退済みの使徒だ。

神々の遊びで三勝三敗。そして人は、合計三回の敗北で挑戦権を失う。

これを人間側から覆すことは決してできない。が。

——神々は気まぐれだ。

捨てる神あれば拾う神あり。人間世界にそんな諺があるように、数多の神々のなかには、脱落者とも遊んでやろうという変わり者がいる。

それが賭け神（ブックメーカー）。

通常の神：勝利すれば「一勝」を与える。敗北すれば「一敗」を与える。
賭け神（ブックメーカー）：勝利すれば「一敗」を消す。敗北すれば「一勝」を消す。

「賭け神（ブックメーカー）は、他の神々とは毛色が異なるらしい。なにしろ人と神の一騎打ち（タイマン）だ……」
緊張を隠しきれないネルが、大きく息を吐きだした。
ネル本人は戦い（ゲーム）に未練が残ったままでいる。万に一つ、億に一つでも再起（カムバック）の可能性があるのなら挑戦したいのが本心だろう。
それを素直に喜べないのは、再起（カムバック）に賭ける対価（コイン）が「フェイの一勝」だからだ。

賭け神（ブックメーカー）は——
一、人間と賭け神（ブックメーカー）との一騎打ちで遊戯（ゲーム）を行う。
二、賭け代（ベット）は同行者の「一勝」。ここではフェイの一勝をチップとする。
三、挑戦者のネルが勝利すればネルの敗北数が一つ減る。
（通算三勝三敗から、三勝二敗へ）
四、ネルが敗北すると賭けていたフェイの勝利数が一つ減る。

（通算六勝〇敗から、五勝〇敗へ）


こくんと。

フェイとパールが見つめる前で、ネルが唾を飲みこんだ。

「私が勝てば万々歳だ……が……もしも私が負けるようなことがあればフェイ殿の貴重な一勝が減ってしまう。世界中の神秘法院を見渡したって、現役で六勝中の使徒なんて本当に数えるくらいだろう。それが失われてしまうとなれば——」

「全然いいよ」

「フェイ殿ぉっ⁉」

「緊張感が台無しですぅっ⁉」

立ち上がるネルとパール。

ちなみにフェイは間違いなく本心からの発言なのだが、とりわけ渦中のネルは、開いた口が塞がらない様子で。

「フェイ殿！……私が言うのはお門違いかもしれないが、フェイ殿はもっと自分の偉業を誇るべきだと思う！」

神々の遊び六勝〇敗。

フェイの成績は、既に前人未到の大記録に到達しつつある。

今後さらに強大な神が立ちはだかる可能性はあるが、このままのペースなら人類史上例のない完全攻略も見えてくる。

「ミランダ事務長も言っていただろう。フェイ殿の六勝を、赤の他人である私が賭けて失うようなことがあれば人類の宝の喪失だと！」

「俺もそれはわかってるよ」

「そう！　神々の遊びは平均勝率11パーセント。フェイ殿やレーシェ様のような一握りの勝利者の裏に、無数の使徒が惨敗しているのが現実なんだ！」

・・・・・・・・。

一勝は一敗の十倍重い。

人類が死に物狂いで掴み取った一勝に釣り合うべきは十敗なのだ。

それほど貴重な一勝と一敗を取引しようというのが賭け神で、冷静に見ればペテンに近いぼったくりと言えるだろう。

その一勝を賭けるのだから、本来はネルの言う「重み」も意識すべきだが。

「……まあね」

訴えるようなまなざしのネルに、フェイは肩をすくめてみせた。

「俺だって自分の勝ち星を軽く見てるわけじゃない。ただ俺が言えるのは、賭け神との勝負でネルが気負わなくてもいいってこと」

「……というと？」

「勝算がある」

「おおっ!?」

真っ先に反応したのはパールだ。

「さすがですフェイさん！　つまりネルさんが賭け神（ブックメーカー）に勝つための秘策があると！」

「それは無い」

「はいっ!?　じゃ、じゃあ賭け神（ブックメーカー）が挑んでくるゲームが推測できたとか」

「いや全然」

「じゃあどうして勝算があると……」

「相手が賭け神（ブックメーカー）だからさ」

「？」

「？」

パールが、ネルと顔を見合わせる。

「フェイ殿？　それはどういう意味だ……？」

「俺も教えたいんだけど。あいにくまだ不確かでさ。なにせ賭け神（ブックメーカー）と戦うのは俺も初めてだから、ぬか喜びもさせたくないし」

ちらりと横を向く。

窓側の席で、今も携帯ゲームに没頭しているレーシェへ。

「レーシェさ。ネルが負けて、その結果で俺の勝ち数が減ったら嫌か？」

「負けないわ」

レーシェが携帯ゲーム機の電源オフ。

たった今、最高難易度のＣＰＵに勝利したところらしい。

「だってフェイ、勝算があるんでしょ？」

「ある」

「じゃあ賭け神(ブックメーカー)に挑むべきよ」

元神さまの少女がにこりと笑む。

「ネル。わたしも応援してるからね」

「は、はいレーシェ様！」

「フェイとわたしが応援してるんだから、まさか負けたりしないわよね？」

「え？……い、いや……もちろん全力は尽くしますが……」

「そうよね。これだけの期待と時間をかけてもらって、むざむざ敗北だなんてありえないわよね？　ＷＧＴ(ワールドゲームズツアー)だって急きょ中止して引き返してきたのに、それを無下にするような真似(まね)は、あら？　どうしたのネル？」

「――――」

返事が無い。

黒髪の少女は、列車のボックス席にぐったりと倒れこんでいた。

「もー。わたしが激励している時に寝るなんて失礼ね！」

「泡を吹いて気絶したんですよ!?　レーシェさんが無自覚にプレッシャーかけるから!?

ネルさん、ネルさんしっかり！」

気絶したネルの肩を揺さぶるパール。

そんなやり取りを見守って。

「ルインまであと二時間か。何して過ごすかなぁ」

フェイは、ぼんやりとそんなことを呟(つぶや)いたのだった。

2

太陽が燦々(さんさん)とさしこむ真昼時――

夜遅くに聖泉都市マル＝ラを発(た)った特急列車が、地平線の先にある都市へと到着した。

秘蹟(ひせき)都市ルイン。

大陸に点在する離れ都市(アイルシティ)の一つで、フェイたちの活動拠点となっている地だ。

「戻ってきました――っ！」

都市の入り口で。

列車の降車口からパールが飛びだした。

「観光旅行もいいですけれど、やっぱり見慣れた風景が一番ですぅ」

「……ここがルインか」

後ろのネルが、建ちならぶビル群を興味津々で見回して。

「フェイ殿。これらのビルのどれがフェイ殿の住まいだろうか？」

「ん？」

「まさか！　見わたす限りすべてフェイ殿の持ちビルか!?」

「………………」

しばし無言で考える。

ネルが自分に問いかけてくる持ちビルとは。

「なあネル？　もしかして俺がビル一棟丸ごと所持してると思ってる？」

「何か誤解が？」

「俺、住まいは神秘法院の宿舎だし。ビルどころか犬小屋一つ持ってないぞ」

「えええっ!?」

持っていた旅行ケースを放り出す勢いで、ネルが飛び跳ねた。

「フェイ殿は神々の遊びで六勝〇敗だろう！　六勝だなんて大記録を手にした者は誰もがスター扱いで、世界中に別荘を持って日々豪遊しているのでは!?」

「……あー。まあそういう例もあるなぁ」

神々に挑む使徒は、人類代表のアイドルだ。

中でも際立つ成績を収めた者は、神秘法院からも格別の待遇を受けている。

「俺、そういう昇格手続きとか一切放置してたし」

「なぜっ⁉」

「申請も考えはしたんだよ。それこそマル＝ラに行く直前とかで」

隣をちらりと覗き見。

手ぶらでついてくるレーシェが、こちらの顔を見て「?」と見返してきた。

「ただ俺が書類を書こうとしたら、誰かさんが『そんな紙切れよりもゲームするわよ！』って部屋にやってきて妨害されてさ」

「……なるほど」

真顔で頷くネル。

「フェイ殿に接するにはそう迫ればいいいと。良いことを聞いた」

「?　何か言ったか?」

「い、いや何でもない！　目指すは神秘法院のルイン支部だな、さあ行こう！」

ぽかんと首を傾げるフェイの前で、ネルが慌てて背を向ける。

その両隣で。

「……いま、妙なことを言ってたわね」

「……油断できませんですぅ」

レーシェとパールの二人がぼそぼそと囁いていたのだが、それも小声過ぎてフェイには届かなかったのだった。

＝＝＝

神秘法院ルイン支部。

地上二十階建てのビルを見上げて、ネルが力強く拳を握りしめた。

「ここがルイン支部！　フェイ殿の城というわけか！」

「……何か盛大に誤解してる気がするから言っておくけど、俺はルイン支部の元締めでも支配者でもないぞ」

「違うのか⁉　誰もが認める活躍をしているのに！」

ネルが勢いよく振り向いて。

「……では一番偉いのは？」

「代表っていうとミランダ事務長なのかな一応。本人は、偉いどころか一番忙しい雑用役だって言ってるけど。俺はただの一使徒だし、この支部だけでも使徒が千人くらいいて、俺以外にも有望なのは沢山いるからなぁ」

「――――その通り！」

聞き慣れない少女の声。

ビルの入り口に、派手なピンク色の髪をなびかせた少女が立っていた。

「ふっふっふ。お帰りなさい先輩方。お待ちしておりましたわ！」

見た目は十五歳から十六歳頃だろう。

身長はパールと同じくらいで、レーシェよりは小柄だろう。ルイン支部の儀礼衣を着ているから使徒に違いないが。

「じゃ、ミランダ事務長が待ってるから急ごうか」

「お待ちなさいぃぃぃぃぃぃぃっっ！」

通せんぼ。

ビルの自動ドアの前で、「ここは通しません」と言わんばかりに両手を広げて、見慣れぬ少女が立ちはだかった。

「ウチはアニータ・マンハッタン。今年最注目の新入り（ルーキー）と、そう呼ばれる予定ですの！」

知らないし聞いたこともない。

今年の新入り（ルーキー）なのだろうが、そんな彼女がいったい何の用事なのだろう。

「アニータ？　ええと、悪いけど俺も急ぎの用があるから。話なら手短に頼む」

「あなたにはありませんわ」

「え？」

アニータと名乗った少女の答えは、さすがのフェイも想定外だ。

「ウチが用があるのは、そこのお姉さま方です！」

「……へ？」

「……あら？」

「……む？」

アニータが指さす先で、パール、レーシェ、ネルがぽかんと瞬(まばた)き。中でも特に大きな「？」を浮かべているのがパールで。

「あたしたちに用って何です？」

「パールお姉さま！」

「ウチのことは『アニたん』とお呼びください！」

そんな不思議がるパールの手を、アニータが問答無用で握り掴(つか)んだ。

「はひっ!?　そ、そんないきなり――」

「どうぞ我がチーム『女帝戦線(エンプレス)』にお入り下さい。うら若き清らかな女子だけを集めた、理想の花園ですわ！」

目を輝かせたアニータが、瞬きも惜しんでパールの顔を覗(のぞ)きこむ。

前髪と前髪が触れそうなほどの至近距離で。

「このさらさらなショートヘア、小動物のように愛らしく無垢(むく)なまなざし。ちょっと間の抜けたドジっ子かつ、一度妄想したら止まらない全自動思いこみガールな性格も文句のつけようがありません！　百点満点！」

「……な、ななな何を!?」

「極めつきはこの豊かな胸っ！　ウチの顔より大きな谷間に挟まれることを想像しただけで、ああもうっ！　このお山二つで二億点を差し上げます！」

「変態ですぅっ!?」

堂々と胸に顔を近づけるアニータに、パールが慌てて跳び下がる。

「そして黒髪のあなた！」

「……ななっ!?」

続いてネルへと詰め寄るアニータ。

自分より頭一つ高い長身のネルをじーっと見上げて。

「私服をお召しですが、ここを歩いているということは使徒なのでしょう。合格です！」

「な、何が!?」

「ああ極上の織物のように滑らかな黒髪。凜と澄んだまなざし。すらりと伸びた御御足も鍛えられているのですね。なんて逞しいさわり心地！」

「ひぃぃっ!?」

太ももを撫で回され、ネルがその場で飛び跳ねた。

「何をする!?」

「カモシカのように逞しい太ももっ！　この太もも二つで二百点、いえ二億点を差し上げます。我がチーム『女帝戦線』で交流を深めましょう！」

　さらに標的変更。

　くるりと四十五度ほど方向転換。アニータが駆け寄ったのは、最後に残った元神さまの少女だった。

「レオレーシェお姉さま！　以前よりお慕いしておりましたわ！」

「はい？」

「ああもうっ、お会いできた喜びで天へも駆け上がれそうな勢いですわ！　ウチの胸の高鳴り、聞こえるでしょう！」

　レーシェの手を掴んで、なんと自らの胸に押し当てる。小ぶりながらも確かな膨らみを感じられる胸に、レーシェの拳をぎゅっと押しつけて。

「どうですか！　この鼓動！」

「心拍数72。いたって平均的ね」

「数字の問題ではありません！……そして、この類い希なる美貌に、遙か一キロ先からも目に付くような鮮烈な炎燈色の髪のなんと美しいことでしょう！　ずばり一兆点！　一兆点を差し上げますわ！」

「？」

「我がチーム『女帝戦線』で、特別客員の席をご用意いたします！」

「……ええと」

反応に困った顔のレーシェ。

対するアニータも、ネルの太ももを撫で回したようにレーシェに触れるのはさすがに畏れているらしい。

代わりに、握手する手に力をこめて。

「レーシェお姉さま、パールお姉さま、ネルお姉さま！　皆さまは、ウチが集めた清楚系女子に囲まれた姿こそがお似合いなのです。こんな・・・・・・・・・・・・・・・フェイとかいう取るに足らない男など放っておいて！」

ピシッ。

その一言で空気が凍りついた。アニータの前に立つ少女三人のまわりの空気が、背筋も凍えるほどに冷たくなっていく……。

ただ当のアニータは、熱弁に夢中で気づく素振りはゼロである。

「ええそうですとも！　神々の遊びでちょっと連勝が続いているからといって、こんなマグレが続くわけがありません。お姉さま方にはもっとふさわしいチームがありますわ。そう、ウチのチームです！」

「――――――」

「――――――」

「――――――」

無言のレーシェ、パール、ネル。

三人とも顔を下に向けているせいで、表情は陰になってわからない。

ただし先ほどからボソボソと「わたしのフェイが取るに足らない？」「あたしのフェイさんの活躍がマグレ？」「私の恩人によくもまあ……」と呟くのが聞こえるのは、決して自分の気のせいではあるまい。

もっともアニータ本人は、いまだ熱弁に夢中らしく。

「もう一度言いますわ！　こんな平凡な見た目でマグレ勝利を続けてきただけの男より、お姉さま方に必要なのはより可憐で、美しく聡明で、さらに包容力ある我がチームで……おや？」

そして今気づいたらしい。

少女三人がアニータをちっとも見ようとせず、ボソボソと何かを言い合っていることに。

「そうねぇ。どこがいいかしら。女子トイレ？　男子トイレ？……」

「茂みがいいです。虫と葉っぱまみれに……」

「倉庫の中に飛ばして閉じこめるのも悪くないぞ……」

「あらお姉さま方？」

アニータがぱちくりと瞬き。

ふふふと怪しげな微笑を浮かべている三人が、なにか楽しい話をしていると思ったのか、
パッと笑顔で近づいていって――

「もうお姉さま方ったら！　何を楽しそうに話をしてるのですか？　ウチも混ぜてくださいな！」

「…………いいわよ」

「…………ちょうどお前の行き先を話していたところだ」

「へ？」

「…………覚悟はいいですか？」

パールが指さしたのはアニータの頭上。

そこに金色の転移門が現れて――

「消えるです！」

「え？　え？　ちょ、ちょっとお姉さまぁぁぁぁぁぁぁぁあっっっっっ!?」

アニータ消失。

どうやらパールの力で、フェイも与り知らぬ遠くへ強制転移させられたらしい。

「……なあ、別にそこまで怒らなくても」

「怒るわよ」

即答のレーシェ。

「フェイさんをバカにする子は、後輩といえど許せません！」

「うむ！　ちょうど良い折檻だ」

続いてパールとネル。

少女三人の力強い言葉に圧されて、フェイはたった一言「……りょ、了解」と相槌を打ったのだった。

3

神秘法院ビル七階。

眩しい陽の差しこむ執務室にて。

「お帰りなさいレオレーシェ様、そしてお疲れフェイ君」

眼鏡をかけたスーツ姿の女性が、こちらを見るなりお辞儀した。

事務長ミランダ。

キャリアウーマンの雰囲気をした切れ長の目に、知的な面立ちの女性である。

「さてフェイ君。まずはマル＝ラでの一勝おめでとうという話もしたいけど、先に一つ。さっき一階が騒がしかったね？」

「あー。それは……」

アニータの勧誘事件のことだろう。

「パールが転移させたことなら、あれは向こうの自業自得(じごうじとく)と言いますか……」

「茂みに落っことして葉っぱまみれにしてやったですぅ」

むー、と膨れっ面のパール。

こう見えても優秀な転移能力者(テレポーター)であるパールは、二種類の転移が使える。

——①「瞬間転移(テレポート)」。

半径三十メートル内に転移環(ワープポータル)を二つ設置し、その二箇所を自在に行き来できる。

ただし再発動には三十秒の充填時間(クールダウン)がいる。

——②「位相交換(シフトチェンジ)」。

人と人、物と物の現在地を入れ替える。

ただし直近三分以内に対象が①の転移環(ワープポータル)を通過しているか、パール本人が触れていた物(者)でなければならない。

……普通はどっちか片方ってことが多いもんな。

……でもパールは二つ使える。

使い方次第では、神々の遊びの局面すらひっくり返す。

先ほどのアニータからああも熱烈な勧誘を受けたのは、パールの見た目や性格に加えて、その神呪（アライズ）も魅力的だったからに違いない。

「聞いてください事務長っ」

「知ってるよ。玄関の監視カメラで見てたし、今のも一応聞いてみただけ」

　ミランダ事務長がしれっと応じる。

「アニたんだろう？　彼女、有名な恋愛ゲーム会社の社長の一人娘でね。『恋愛ゲームを極めた私は現実のラブコメも無双する』って息巻いて、自分好みの女子を勧誘して理想の花園を結成しようと頑張ってるのさ」

「……変わった子が入会したんですねぇ」

「恋愛ゲームの攻略なら右に出る者のいない強者だよ。ただあいにく、『神々の遊び』で恋愛ゲームというジャンルが著しく少ないんだけど」

　事務長が肩をすくめてみせる。

「さて話が前後しちゃったけど、パール君もお帰り。WGT（ワールドゲームズツアー）じゃ大活躍だったね」

「あ、ありがとうございます！」

「私は、君が入会した時から逸材だと思っていたよ。我が支部を背負って立つ子だと」

「すごい今さらですね⁉」

「ま……そんな冗談はさておいて」

眼鏡（めがね）レンズの向こう側で。

ミランダ事務長の怜悧（れいり）なまなざしが、沈黙を保っている黒髪の少女に向けられた。

「客人（ゲスト）のネル君」

「は、はい！」

ネルがピンと背を正す。

「こ、このたびは大変なご迷惑を……その……フェイ殿にも、このルイン支部の事務方の皆さまにも大変失礼いたしました！　あの、お土産のマル＝ラ饅頭（まんじゅう）です」

「ほう？　たこやき風味の饅頭とは変わってるね」

お菓子の箱を小脇に抱えるミランダ事務長。

いまだ緊張しっぱなしのネルに、くすっと微苦笑を浮かべてみせて。

「まあ正直アレだ。事務長としてはフェイ君の貴重な一勝を賭けて賭け神（ブックメーカー）に挑むなんざ勘弁してほしいところだけど、それを止める権利は事務方には無いからね。やるからには頑張って再起（カムバック）しなよ」

「あ、ありがとうございます！」

「期待してるよ。フェイ君の六勝って、もうとっくに過去の英雄級に並ぶ数字なんだよね。さらにレオレーシェ様もいて、もう間違いなく人類未到達の十勝が狙えるチームさ。その一勝を賭けるんだからね」

「…………は、はい。重々承知して……」

「たかが三勝しかしてない身でよくもフェイ君に取り入ったものだと思うけど、フェイ君もお人好しだからねぇ。ネル君が負けたら人類の宝同然である一勝をドブに捨てる結果になるわけだけど」

「…………………」

「おっと、もちろん重圧をかけるつもりはないよ？　まあ頑張って」

ネルの肩をぽんと叩いて、事務長が朗らかに微笑んだ。

「負けたら生きてルインから帰さない。おっと口が滑った」

「うあぁぁぁぁぁあっっっ⁉」

「ってね。ちょっと意地悪してみたけど。それくらいの意識をちゃんともって貰わないと。事務方だって手間暇かけて準備するんだから――フェイ君」

事務長がこちらに振り返って。

「賭け神にいつ挑みたい？」

「それはネル次第ですよ。どう？」

「わ、私はいつでも大丈夫だ！　覚悟も決意もできている！」

ネルが、自らの胸を叩いてみせる。

「賭け神の仕掛けてくるゲームは他の神と違うと聞く。小手先の準備は意味をなさないだろう。ならば私の熱意が冷めぬうちに挑みたい！」

「最速で明後日かな」

ミランダ事務長が、机上のモニターをちらりと見やって。

「なにせ何十年と使ってなかった巨神像だし。埃かぶってたのを綺麗にして、いま大急ぎで掃除させてるから」

そして「ふぅ」と溜息。

「フェイ君さ。一応聞くけど勝算はあるんだね？」

「あります」

「なら良かった。頑張って」

やれやれと微笑して、ミランダ事務長は天井を見上げたのだった。

4

太陽が、地平線の向こうへ落ちていく。

多くの家庭が夕食時を迎えるなか、神秘法院に隣接する女子寮で、一際楽しげな歓声が上がっていた。

「歓迎の女子会はじまりま――――すっっ！」

オレンジジュース入りのグラスを掲げたのは、音頭取り役のパールである。

「さささネルさん、狭いけどくつろいでくださいね」

「全然いいんですよ。だってほらレーシェさんなんか、あたしのベッドに寝っ転がってるくらいですし」

「……か、かたじけない」

ここはパールの私室である。

既に盛り上がっているパール。テーブルの前で正座するネル。勝手知ったる風に他人のベッドにごろんと転がるレーシェ。

見事なくらいの三者三様だ。

「すごい！　すごいわこのベッド！」

ベッドでうつぶせに倒れこむレーシェ。

「なんて吸引力！　あまりにふかふかで起き上がれないわ！」

「ふふ。そうでしょうレーシェさん。あたしが去年のお給料をつぎ込んで購入した『一度寝たら起き上がれなくなるベッド』です！　マットレス内のトリプルコイルにより、ふんわり身体を包みこむような寝心地を実現しているのです！」

「………すやぁ」

「って、もう寝ちゃいましたか⁉」

早くも一人脱落（就寝）。

女子会と呼ぶにはあまりに自由奔放な集まりだ。

「ありがとうパール……私のような者をこんなに歓迎してもらっただけでなく、部屋まで借りてしまって」

「あはは、全然気にしないでください」

レーシェが熟睡しているのを確かめて、パールが悪戯っぽく笑んだ。

「あたしも新しいチームメイトが欲しいんです。ほら……フェイさんとレーシェさんって、目標というか憧れですから。あたしも、あたしと一緒に、二人に近づけるよう頑張ろうって話せる人がいるといいなって」

「――――」

パールが小さく悲鳴。

「も、もちろん努力しなきゃいけないことは…………きゃっ⁉」

黙って聞いていたネルが突如、感極まった表情で抱きついてきたからだ。

「パール！　お前というやつは……何ていい子なんだ！」

「ネ、ネルさん苦しいです⁉」

「わかる、わかるぞその気持ち！　フェイ殿もレーシェ様も、神秘法院の未来を背負って立つ逸材だ。そのチームに入れてもらう我々も凡人止まりではいけないな。我々が二人を助けられるくらい成長せねば！　それでこそチームメイトだろう！」

「そうですともですっ！」

固い握手をかわす。

熟睡中のレーシェの前で、いま熱い誓いが交わされたのだった。

「あたしたちチームのお荷物じゃありません！　脱・凡人ズです！」

「そうだともっ！……ん？　この音は？」

ピピッ、と。

リビングの奥から可愛らしい電子音。

「お風呂がわいたんですね。ネルさんお先にどうぞ」

「と、とんでもない！　家主のパールに先んじて入浴などと……！」

「ネルさんがお客さんですから！」

「パールが家主だろうが！」

「お客さん優先ですぅ！」

「家主を立てるのが客人の礼儀だ！」

むむ、と睨み合う二人。

そんなやり取りも程々に、ふぅと溜息をついたのはパールだった。

「……わかりました。なら一緒に入ればいいのです」

「なに？」

「ご飯やお風呂は親睦を深めるのに最適なイベントだと、石器時代の古文書にもそう書いてあるでしょう。あたしたちも先人の教えに倣うべきです！」

「石器時代に古文書が？」

「さあレーシェさん、レーシェさんも起きてください」

熟睡中のレーシェを起こしにかかるパール。

「……んー。どうしたの？」

レーシェがぼんやりと目を開ける。

「ゲームやるの？」

「お風呂です」

「……お風呂？」

「ええ、三人で一緒にお風呂に入ろうかなと。親睦を深めたくて」

「っ！」

レーシェがクワッと目を開けた。

バネ仕掛けのようにベッドから跳ね起きて、乱れていた服をよそよそしくただし始めたではないか。

「――――ちょっと急用を思いだしたわ」

「レーシェさん？」

「ごめんね二人とも。わたし外を歩いてくるから、お風呂は二人で入ってちょうだい」

返事も待たずに外の廊下に出て行ってしまう。

残されたのはパールとネルの二人きり。

「あらら……どうしたんでしょうレーシェさん。でも仕方ないですね。あたしたちだけで、お風呂に入ってましょうか」

首を傾げながらパールが腕組み。

「ネルさん、お先にお風呂場へどうぞ。あたしテーブルのグラスを片付けますから」

「ああわかった」

一人用の浴室だから脱衣場もそれなりに狭い。

後から来るであろうパールの前に、ネルは服を脱いで浴室へと入っていった。

ふわりと香る湯気。

鼻をくすぐる甘い香りはハチミツの入浴剤だろう。バスタブのお湯はほのかな乳白色で、子供用のアヒルの玩具が浮いている。

「ずいぶん可愛らしいな。私の風呂場とは大違いだ」

首からお湯をかけて身体を洗い流す。

そうしている間に浴室の扉が開いて、湯気の向こうからパールの声が。

「お待たせしましたー。お湯加減はどうですか？」

「ああ、いま入ろうと………」

ネルの声が固まった。

喉から声が出ない。なぜならネルの全意識は、湯気の奥に浮かび上がったシルエットに注がれていたからだ。

一糸まとわぬパールの裸身。

それはネルが、過去あらゆる神を目の当たりにした以上の衝撃があった。主にパールのごく一部の盛り上がった部位が。

「……な、なんという立派な」

「？　どうしたんですかネルさん？」

金髪の少女がきょとんと瞬き。

一方のネルは、パールの胸元にある二つの巨大な山から目が離せなかった。

「パール……そんな凄いものを持ち合わせていたのか。服を着ていた時も大きいとは思っていたが、着衣時より脱いだ方がデカいだと……!?」

「え？　ええと」

ネルの視線を察したパールが、自らの胸元を見下ろして。

「ああ。最近また下着がきつくなっちゃったんです。だから下着を外した時の方がそう見えるかもですね」

「封印からの解放！」

「どういうことですっ⁉」

一言でいって。

全封印を解放したパールの胸は、凄かった。

「パール、何が『あたしは凡人ですぅ！』だ。そんな羨ましいものを持っていて……」

無意識のうちに。

ネルの視線は、ほのかに上気した大きな谷間に吸いこまれていた。

「もしや胸にスイカでも仕込んでるのか？」

「どんな手品ですか⁉」

「……両手で隠そうにも隠しきれない、背を向けても背中からはみ出るほどの大きさで、それだけの質量にもかかわらずまったく崩れない見事な丸み。赤子の肌のように滑らかで、左右から寄せずとも自然とできる谷間は柔らかく、それでいて何と扇情的な――」

「実況しないでください⁉」

「……ぶるんぶるんだ」

「擬音語もダメです⁉」

「……パールが神々の山嶺ならば、私は……見わたす限りの大平原だ……！」

「詩的表現のつもりですか⁉」

「くっ！」

気がつけば、ネルは浴室の壁に追いやられていた。

全てを察した。なぜレーシェが慌てて部屋を出て行ったのか。

畏れたのだ。

元神(レーシェ)さまさえ、パールが宿した二つの神(ムネ)には分が悪いと撤退したのだ。

「あ、あのネルさん？　そんな歯を食いしばって頭を振らなくても……あ！　そうですよ。ネルさんにはネルさんの良いところがあるじゃないですか！」

パールが口早に言葉を続けて。

「今朝、アニータって女の子が言ってたじゃないですか。ネルさんの推し部位(パーツ)は、ずばりその太ももです！」

引き締まったネルの太もも。

もともとネルはスポーツ万能少女だ。さらに神呪(アライズ)『モーメント反転』は、ネルが蹴った対象をエネルギー・質量の大きさを問わず跳ね返す力である。

足を使う神呪(アライズ)。

ゆえにネルの太ももは、カモシカのようにすらりと鍛え上げられている。

「な、なるほど……！　これが私の推し部位(パーツ)だった！」

ネルが力強く目をみひらいた。

「あとはフェイ殿を目覚めさせればいいのだな！　引き締まった女の太ももを撫(な)で回(まわ)した

くなるような嗜好へ！」

「フェイさんを変態みたいに言わないで!?」

‖

時同じく――

秘密の女子会で自分の名が連呼されているとは夢にも思わず、フェイは、男子寮で一人、机上のメモと向かい合っていた。

33，30，31，60

たった一文の殴り書き。

それを穴が開くほどじっと見つめて。

「……俺たちからの挑戦状だ。受けてくれよ賭け神」

フェイは、拳を握りしめた。

Chapter

Player.2　ネルの敗北と確定した勝利

God's Game We Play

1

ダイヴ当日。

神秘法院の地下にある『ダイヴセンター』に、見慣れぬ巨神像が置かれていた。

賭け神（ブックメーカー）に通じる巨神像。もう三十年ほど挑戦者が現れなかったがために、昨日までは倉庫に安置されていた。

「へえ、巨神像の形も違うんだな。巨人の手みたいな形してる」

この像はフェイも初めて見る型だ。

ルイン支部に保管されている巨神像は五体。

うち四体が竜の頭を模したような姿だが、賭け神（ブックメーカー）専用の巨神像だけは形が違う。

「そういえば、本当に放送カメラ無しなんですね事務長」

「うん。なにせ生放送（ストリーム）できないからね。放送スタッフを割いても意味がない。なら人手とコストは省くべきだろう？」

フェイたちを出迎えたのは、事務長のミランダただ一人。

いつもなら放送カメラが巨神像を取り囲み、そこに挑む使徒たちを映しているのだが、そうした機材が一切ない。スタッフもいない。

フェイたち四人とミランダ事務長。

計五人で、ダイヴセンターに集合した状況である。

「昨日ちょろっと説明したけど、賭け神（ブックメーカー）とのゲームってなぜか神眼レンズが機能しないんだよね。ダイヴしちゃうとフェイ君たちの動向は追えないから」

外部からの干渉を許さない。

それは賭け神（ブックメーカー）が「人と神の一対一」を望む神であるからこそ、神々の遊び場（エレメンツ）をそのように設定したのだろう。

「定刻だね。ま、別にいつダイヴしてもいいんだけど」

「フェイ君、体調は万全？」

腕時計を見やるミランダ事務長。

「俺はいつだって平気ですよ」

「レオレーシェ様、ご都合はいかがでしょう」

「今すぐよ！」

「パール君、朝ご飯は食べた？」

「食べました！」

「で……」

四人の先頭。

巨人の手を模したような巨神像、その掌（てのひら）が輝いて光の扉が形成されている——それを、じっと見上げる黒髪の少女がいた。

「ネル君」

「死力を尽くします」

無言で口元を引き締めていたネルが、たった一言そう答えた。

「必ず賭け神（ブックメーカー）に勝って戻ります！」

「そ。じゃあ応援してるよ」

光輝く扉の向こうへ。

初めて相まみえる神の待つ神々の遊び場（エレメンツ）へ、フェイたち四人は飛びこんだ。

――神々の遊び場（エレメンツ）「人の心を映せし箱庭」

VS『稚気と偽装の化神（けしん）』グレモワール

ゲーム、開始。

2

高位なる神々が招く「神々の遊び」。

神々に選ばれたヒトは使徒となり、霊的上位世界「神々の遊び場（エレメンツ）」への行き来が可能になる。どんな空間で、どんな遊戯（ゲーム）が待っているのか。

すべては神のみぞ知る。そして――

フェイたちが飛びこんだ先は、小さなカジノの一室だった。

灰色の壁に囲われた小部屋。

天井には照明が一つだけ。その下には青地と金色の縁取り加工がされたカジノテーブルがぽつんと置いてあり、机上にはコインが積み上げられている。

「……あら？」

わずか数メートル四方しかない小部屋を見回して、レーシェが瞬（まばた）き。

「ねえねえフェイ？　なんだか寂れたカジノ部屋みたいな神々の遊び場（エレメンツ）ね」

「ああ。何から何まで異色だな」

これが賭け神（ブックメーカー）の世界。

今までダイヴしたどの世界より、狭く、そして薄暗い。

「肝心の神は？」

挑戦者であるネルが、訝（いぶか）しげに両目を細める。

「こんな狭い場所。しかも現実のカジノのような地に私たちを招いて、賭け神（ブックメーカー）とやらは何がしたいんだ……」


『ここは心を映す多相の空間』


コツッ……

小さな足音に続く、聞き慣れた少女の声。

『人間（おまえ）の心が生みだしたのさ。この狭い部屋は、お前が抱える不安の具現。天井の明かりが強いのは、お前がそれなりに未来を望んでいるから。……ふむ、カジノ台は立派だね。我と勝負したいという決意はありそうだ』

照明の光の届かぬ薄暗闇から、長身の映える黒髪の少女が現れた。
・・・・・・
ネル・レックレスが。

「……ネルさんが二人!?」

パールの喉から漏れる驚愕（きょうがく）。

うり二つのネルを何度も見比べるが、背丈や体格、声や髪色などもすべて同じ。

唯一の違いが瞳。

本物のネルが深い紫色であるのに対して、新たに現れたネルの双眸は琥珀色。

『ああ嬉しいな。久しぶりの人間だ』

人間そっくりに化ける神がニヤリと笑った。

本物のネルが絶対しないような、唇をきゅっと吊り上げた笑い方。

『さあ遊ぼうじゃないか』

その眼差しが、正面に立つ本物のネルへ。

「……それは私に言っているのか？」

『お前が挑みに来たんだろう』

ネルの問いかけに、ネルの姿をした神が頷いた。

『我に勝てばお前の「一敗」を取り消そう。話が早いって？　ここはそういう場だからね。

お前が何を望んでいるか我は当然知っている。説明なんていらないよ』

「──いや。説明が欲しいのは俺たちだ」

二人のネルに割って入るかたちで、フェイは言葉を差しこんだ。

「アンタが俺たちを理解してるように、俺らもアンタのことが知りたい」

『なぜ？』

「ゲームの対戦相手を知りたいってのは、ごく自然な話だろ？」

『グレモワール』

ネルの姿をした神が、目の前のカジノ台にひょいっと飛び乗った。

カジノ台を椅子代わりにして。

『我は不定多相の神。ミミック、シェイプシフター、ドッペルゲンガー。人間からは過去二百通りくらいの呼び名で呼ばれてきた』

「グレモワールって名前が、アンタの今のお気に入りか？」

『さあね。他の名前をつけてもいいよ』

その瞬間。

パールが輝いたのをフェイは確かに見た。

「はい！　ならばグレモワールなんて堅苦しい名前などやめましょう！　今日から神の名は『琥珀眼の変貌神』！　愛称はずばりアーゴットちゃん！」

『センス悪』

「悪くないですよぉぉぉぉぉっ!?」

『他に聞きたいことは？　我は早く遊びたくて仕方ないんだけれど』

「ルール確認させてくれ」

フェイが視線を移した先は、多相神が座っているカジノ台だ。

トランプやダイス、コイン。

様々な遊び道具が散らばった台を一瞥して。

「俺たちはネルの再起が目的だ。アンタとネルが一対一でゲーム対決する。それに勝てばネルの三勝三敗から『一敗』が消えて三勝二敗になる」

『そのとおり』

賭け神の悪戯っぽいまなざし。

『賭けるのは一勝でも二勝でもいい。多ければ多いだけゲームを楽しめるからね。……で、賭けるのはお前の勝ち星かい？』

「ああ」

琥珀の瞳をまっすぐ見据えて。

「俺がネルに賭ける勝ち星は、三つ」

「なっ⁉」

「は、はいぃぃっぃいっ⁉」

ネルがぎょっと振り向いて。

パールがその場で跳びはねた。

「待てフェイ殿⁉　そんな話、私は一度も聞いてないぞ！」

「あたしもですよ⁉」

「昨晩決めたんだ。落ちつけって二人とも」

掴みかかってくるような勢いの二人をなだめるつもりで、フェイはゆっくりと首を横に振ってみせた。

「勝てばネルが一気に三勝〇敗になる」

「負けたらフェイさんが大問題ですよ！　だ、だって六勝〇敗から三勝にまで落ちちゃうんですよ。……ああもう助けてレーシェさん！」

パールが振り向いた先には、炎燈色の髪の少女。

「フェイさんに何か言ってください！」

「わたしは一向に構わないわ」

「頼る人を致命的に間違えましたぁぁぁぁぁぁぁぁっっっ⁉」

『賭け成立』

ネルの姿をした神が、カジノテーブルから飛び降りた。

『嬉しいね。そんな勝ち星を賭けてくる人間、今までいたっけな？』

「――ネル」

顔を強ばらせた少女の肩を叩いて、フェイは一歩後退した。

「俺ができるお膳立てはここまでだ。そして勝算はある。どんな局面に陥ろうと。だから気楽にやってくれ」

「つ。か、かたじけない！」

黒髪の少女が足を踏みだした。

「勝負だ賭け神！　お前のゲームを見せてみろ！」

『ポーカー』

「……何？」

『お前が勝ちやすい遊びにしよう。人間の遊戯の方が馴れてるだろう？』

トランプの箱を手にして、神がネルめがけて放り投げる。

箱に付着した特殊シール――誰も一度たりとも箱を開けていない。すなわちイカサマが仕組まれていないという証である。

が。

『久しぶりのお客さんで我は機嫌がいい。この幸運を逃さぬことだ』

ゆえにポーカー。

神が作った遊戯ではなく、人間が作った遊戯の勝負。

『おっと言い忘れてた』

多相神グレモワールが、琥珀色のまなざしをこちらに向けた。

ネルの背後に立つ自分たちへ。

『これより一切の助言と声援を禁ずる。お前たちは静かに見守っているといい。騒いだら、すぐさまこの場から追い出すよ』

「わかった」

賭け神の領域では神眼レンズが作動しない。

それは賭け神が人間の挑戦者との一対一を望んでいるからだと推測されていた分、ここまでは予想されたことの範疇だ。

「俺たちは、俺たちだけで会話する。ゲームが決着するまでネルには話しかけない」

『では遊戯の始まりだ』

ポーカー——

トランプ五枚を使って手役を競う遊戯。

手役の強さだけではなく、手役の強さに応じたコインの駆け引きが存在する。

だが。

賭け神がこのゲームを提案してくるのは、フェイにとっても想定外だ。

……一般には心理戦と評されるポーカーだけど、現実は違う。

……この遊戯は運ゲーだ。

勝敗における技術介入度が極めて低い。

まず手役の強さは完全に運である。

よほど極端な上級者と初心者の戦いでないかぎり、己の手役さえ強ければ、相手がどんな心理戦巧者だろうと必ず勝てる。

その証拠に、ポーカーの世界大会は優勝者が毎年入れ替わる。

どんな上級者も安定して勝ち続けるのは不可能なのだ。

たとえ神であろうとも。

『ルールは単純だ。①、五枚のカードを配る。②、プレイヤーは互いに一度ずつ不要なカードを交換する。③、できた手役に応じてコインを賭けて勝負する』

「…………」

トランプの箱(ケース)を見つめるネル。

「このトランプに仕込みは無いな？　私とお前の尋常な勝負だと」

『一切のイカサマ無しだ。ちゃんとお前も勝てるゲームだよ。理屈の上ではね』

「……っ」

ピクリとネルの眉がつり上がった。

賭け神(ブックメーカー)が匂わせた意図は——

『理屈の上では尋常の戦い。でもたぶん、お前は我に勝てないけどね』

「……なぜそう言い切れる」

『さあね。でも先に教えてあげたのは我からの慈悲だよ。だから覆してごらん』

カジノテーブルを挟んで向かいあう神と人間。

両者の手元には五枚の金貨。

『互いに相手のコインを全て奪うことで勝利となる』

「異存ない」

『賭けられた勝ち星は三つ。神が勝てばそこの人間の三勝が消える。かわりに、お前が勝てばお前の負け分が三敗すべて消える』

「受けて立つ！」

テーブル上のコインを鷲づかみにし、ネルが吼えた。

「私は負けられないんだ。フェイ殿の期待に背くわけにはいかない！」

『――――』

賭け神は無言。

その琥珀のまなざしで、ネルの手元にあるトランプの箱を指さした。「お前がシャッフルしてお前が配れ」と。

VS賭け神(ブックメーカー)、『ポーカー』第1ゲーム。

ネル自身がシャッフルし、五枚のカードを配布。

ネルが配っているのだから神の介入(イカサマ)はない。

……もちろん神さまだ。トランプの絵柄を移したりなんてお手の物だけど。

……おそらくそういう奴(やつ)じゃない。

神はイカサマを望まない。

神が望んでいるのは絶対勝利ではなく、ただ楽しい頭脳戦(ゲーム)だからだ。ゆえにこの戦いは、イカサマのない純粋なポーカー対決。

ただし。

ここは神の世界。純粋なポーカーだとしても人間の常識は通用しない。

「っ……浮いた?」

ネルの配った五枚が次々と宙へ浮かんでいくのだ。

それが空中で綺麗(きれい)に列をなしている。かつて自分(フェイ)とレーシェがやった『三次元神経衰弱』を彷彿(ほうふつ)とさせるように。

「神(おまえ)の干渉か」

『カードを握る手間を省いてやったのさ。これで思考に集中できるだろう?』

賭け神（ブックメーカー）の手札も同じく浮遊中。

もっとも裏向きのため、ネルやフェイたちからは神の手役は覗（のぞ）けない。

『神（ワレ）からお前のカードは見えない。見るつもりもない』

「……わかった」

カードが浮遊したことで、ネルの手札は、後方のフェイたちにも見て取れる。

――手役「2・5・5・8・Q」。

5のワンペア。ここから5を引いて3ペア以上ができれば勝率は格段に上がるだろう。

ただし。

『良いカードが来たのかい？』

賭け神（ブックメーカー）の手役は未知。ここが厄介だ。

『互いに五枚のコインがある。一ゲームごとに参加料として一コインを払う』

「……わかった」

場に投じられる二枚のコイン。

ネルも賭け神（ブックメーカー）も残るはコイン四枚。これがゼロになった者が敗北する。

『続いて手札の交換だ。我は二枚を残して三枚交換する』

「私もだ」

ネル、賭け神（ブックメーカー）がともに三枚のカードを指さした。

指定されたカード三枚が、木の葉のように舞いながらテーブルに落下。かわりに新たな三枚が山から浮かび上がる。

――三枚交換。

この時点で両者の手役が推測できる。ネルも賭け神(ブックメーカー)も当初ワンペア。そこからスリーペア以上を狙っての三枚交換。

……だとしたらネルが僅かに不利だ。

……ネルは5のワンペア。これはワンペアの中でも弱い部類だから。

5は6・7・8・9・10・J・Q・K・Aに負ける。

賭け神(ブックメーカー)のワンペアが5未満の数字である可能性は低い……が。

「っ」

交換で入ってきた手札を見て、ネルが微(かす)かに息を呑(の)んだ。

手役が上がった。「3・5・5・7・7」のツーペアへ。決して強くはないが、十分に勝つ可能性が生まれたのだ。

対して。

そんなネルの表情を、穴が開くほどに見つめる賭け神(ブックメーカー)。

『――――』

交換後の手札を見たのは一秒にも満たない一瞬。

自分の手札を凝視したネルと、相手の表情を凝視した賭け神(ブックメーカー)。

『さてお前から選んでいいよ』

手役の交換が終わり、ここからがポーカーの心理戦。

プレイヤーは三つの行動を選択できる。

①賭け(ベット)＝賭け金の意思表示。０枚も可能で、その場合は参加費１枚で勝負。

②勝負(コール)＝現在賭けられているコインの枚数でカード開示。

③上乗せ(レイズ)＝賭けるコインを増やす。（＝自分の手に自信があるという示唆）

④降りる(フォールド)＝降伏。コインを失う代わりに相手の上乗せ(レイズ)を拒否できる。

「私はコインを一枚賭け(ベット)」

ネルのコインは残り三枚。（参加料で一枚、賭け(ベット)に一枚）

その宣言に、ネルの姿をした神がニヤリと笑んだ。「かかった」と言わんばかりに禍々(まがまが)しい笑みで。

『上乗せ(レイズ)』

手元にある四枚のコインをすべて、前に突き出した。

『我はコインを全て賭ける』

「総賭け(オールイン)だと!?」

『さあお前の番だ。我と同じコイン全てで勝負(コール)か、降りる(フォールド)か。我の手役が虚偽(ブラフ)だと思えば勝負すればいい』

ネルができるのは勝負(コール)か降りる(フォールド)の二択。

勝負(コール)は一撃で勝敗が決する。

降りる(フォールド)ならばコインを二枚失うが、次のゲームに機を持ち越すことができる。

「………」

ネルの手札は5と7のツーペア。

決して強くはないが、いざ手役を比べた時に勝てる可能性も十分ある。

勝てばコインの総取りでネル勝利。すなわち三勝三敗から三敗が消えて悲願の再起(カムバック)が達成される。

そう。あまりにも鮮やかに——

夢に見てうなされるほどに望んでいた再起(カムバック)の夢が、ここで勝ちさえすれば——

「いや!」

ネルが奥歯を噛(か)みしめた。

「これは罠(わな)だ……そうだろう!」

『ん?』

「あまりに話がうますぎる。お前という神を相手に、こんな一分とかからず決着をつけようなんて、私はそれほど短絡的ではない！」

五枚の手札を裏返しのままテーブル上へ。

「降りる（フォールド）」

無条件降伏。

ネルのコインは残り三枚。対してネルのコインを得て賭け神（ブックメーカー）は七枚。

『ふぅん？』

賭け神（ブックメーカー）の手札が表向きにくるりと反転。

その手役は「A・A・J・J・4」のツーペア。ネルのツーペアよりも上。

つまり――

勝ちを焦（あせ）って総賭け（オールイン）で勝負していたら敗北はネルだった。コインを全て失い、再起（カムバック）どころかフェイの三勝まで失っていた。

「……い、命拾いしました」

パールの頰（ほお）を伝う汗。

「ネルさんの直感は冴（さ）えてますよ！　神さまの手札が強いと思ったから降りる（フォールド）！　コイン二枚を失ってもゲームは続けられます。悪くないですよねフェイさん！」

「…………」

「フェイさん？」

「今のが直感だったならいいんだけどね」

そう答えたのはレーシェだ。

独り言にも似たその呟き(つぶや)は、勝負に集中するネルには聞こえなかったことだろう。

『第2ゲームに移ろうか』

賭け神(ブックメーカー)の宣言。

『お前がシャッフルしてお前が配るといい』

「……わかった」

空に浮かんでいたカード十枚が落下。それをかき集めたネルが再び入念にシャッフルし、五枚ずつ配布。


——第2ゲーム：ネルの所持コイン三枚、賭け神(ブックメーカー)の所持コイン七枚。


宙へ浮かぶ十枚のトランプ。

一ゲーム目同様、自分たち(フェイ)からはネルの背中越しに手札が覗(のぞ)ける。その五枚を覗きこみ、パールが小さく息を呑(の)んだ。

——手役「A・2・6・8・Q」。

役なし（ノーハンド）。第一ゲームのワンペアよりも弱い最弱手。

では賭け神（ブックメーカー）は？

『――――』

琥珀（こはく）色の目をした神は、微動だにせずテーブルの先のネルを見つめるばかり。岩のように微動だにせず、ネルの一挙一動を観察している。

『まずはゲーム代だ。互いにコインを一枚払う』

場に二枚のコインが投じられる。

これで残るコインはネルが二枚。賭け神（ブックメーカー）が六枚。

『手札の交換は？』

「……私は」

五枚の手札を見やるネル。

「四枚交換だ」

Aを除く四枚のカードを捨てて、新たに四枚のカードを補充する。

これは最善策だ。

ポーカーは、手役とカードの数字で強さが決まる。

Aは最強の数字。たとえば最弱のワンペアであってもAのワンペアならば賭け神（ブックメーカー）の手役次第では勝ちが見える。その微（かす）かな期待が――

『我は一枚』

「えっ⁉」

賭け神の宣言に、観客であるパールから悲鳴が零れた。

たった一枚しか交換しない＝残る四枚は手役として成立している。すなわちツーペアかスリーカードが完成している。

……あるいはフラッシュかストレート狙いの一枚交換。

……どう転んでも手役としては強力だ。

ネルは役なし。

ここで賭け神にスリーカードが既に完成していれば絶望だ。なぜならば。

「────」

ネルが交換した結果は、「A・5・6・10・K」の役なし。

強気の虚偽で相手の降りるを促す選択も無いわけではないが、スリーカード以上の手が完成している相手に降りるはない。

……これが運ゲーである理由だ。

……相手の手役が強ければ、そもそも心理戦が成立しない。

ネルの手元にはコイン二枚。

コインを一枚賭けて虚偽で勝負し、たとえ負けたとしてもコインはぎりぎり一枚残る。

次に望みを繋(つな)げることも可能だが……。

「私は一枚賭け(ベット)――」

『一枚上乗せ(レイズ)』

「……っ！」

ネルの言葉は、神の言葉によって遮断された。

神が暗に示しているのは「お前(ネル)のコインを全て賭けろ」――これは第一ゲームより状況が悪い。なぜならネルは役なし(ノーハンド)。虚偽(ブラフ)で心理戦を仕掛けようにも、初手一枚交換という自信を表した神に降り(フォールド)るは考えられない。

『さあ選択の時だ』

琥珀(こはく)の瞳が、ぎらりとネルを睨(ね)めつけた。

『お前の手持ちすべてを賭けた勝負(コール)。良い手役が入っているとは思えないけどね』

「……っ」

ネルが奥歯を噛(か)みしめた。

見透かされている――賭け神(ブックメーカー)が手札を透視するまでもなく、ネルが「手札四枚交換」を選んだ時点で、手役が芳(かんば)しくないことは明白だ。

長い、長い沈黙の後。

ネルの唇から、苦渋の声が滲み出た。

「…………降りる」

『残念』

ネルの姿をした神が嗤った。

その手札五枚――「4・7・8・9・Q」の役なしが空中でひっくり返る。

『勝負できていたらお前の勝ちだったのにね』

「――馬鹿なっ!?」

ネルが思わず立ち上がった。

ひらりひらりと机上に落ちてきた五枚のカードを、血走った眼で睨みつける。

自分は「A・5・6・10・K」の役なし。

賭け神「4・7・8・9・Q」の役なし。

最強の数字であるAの差で、役なし同士でもネルが勝つ。それはルール上の論理として頷けるが、見過ごせないのは――

「なぜ一枚交換だ!? お前の手なら二枚を捨ててストレートも狙えた!……いやワンペアでもツーペアでも狙えば良かったはずだ!」

『手役の強弱などどうでもいい』

「……なに?」

『この第二ゲームは完全予定調和だったのさ。我が虚偽を押せば、お前は必ず降りると読めた。なぜならお前は勝利を欲していない』

「っ！　そんなことは――」

『いいやお前は勝ちたいんじゃない。負けたくないだけだ』

ネルの手元のトランプ五枚。

勝負（コール）できていれば勝利していたはずの勝負手を指さす、神。

『お前、我と戦う直前に何と言った』

「え？」

『お前はこう言ったんだよ。「私は負けられない」と。再起（カムバック）したいなら「私は勝つ」と言うべきだ。この時点で確信したよ。ああ、この人間は再起（カムバック）の勝利を得るリスクより、自分が負けることで仲間（フェイ）の勝ち星が失われることを恐れていると』

「……そ、それは……！」

ネルが身震い。

そう。確かに咄嗟（とっさ）に口を衝（つ）いて出た言葉だ。

できる限りリスクを抑えて勝ちたい。

その最善手が「自分に勝負手が来るまで降り続ける」であり、ネルはそれを選んだ。それが最大の過ちだったのだ。

勝負手は「今」だった。

『お前、リスクも背負わずに神に勝てると思ったか？』


神は優しくない。

リスクを抑えた戦術ほど降りる（フォールド）が増える。となれば神は堂々と虚偽（ブラフ）で攻め続けられる。

すべてはネルの思考が透けていたから。

『そしてお前のコインは残り一枚。これ以上の降りる（フォールド）は不可能なんだよ』

次のゲームの参加費で最後のコインを使い果たす。

降りる（フォールド）不可能の強制勝負。

「……っ。私の手役がお前より強ければいいだけの話だろう！」

ネルが最後のコインを握りしめた。


――第3ゲーム：ネルの所持コイン一枚、賭け神（ブックメーカー）の所持コイン九枚。


ネル自身がシャッフルし、ネル自身が配る五枚のカード。

その様子を無我夢中で見つめるパール。

「……お願い……お願いします……！　どうか強い手……！」

ネルの背中ごしに彼女の手札を覗きこむ。

──手役「9・4・5・6・7」。

役なし。だが二ゲーム目と決定的に違うのは、「4・5・6・7」を軸にして3456 7あるいは45678のストレートが見えるということ。

確率およそ十五パーセント。

外せば役なしだが、揃えば高確率で勝利が見込める強力な手役。

「一枚交換だ！」

ネルが吼えた。

『強い手が見込めるらしいじゃないか。一枚交換なら最低でもツーペア以上……フルハウスか、あるいはフラッシュかストレートか』

賭け神はただ淡々と、二枚の手札を交換。

『だがね人間。強い手役は、そう易々と揃わないからこそ強いんだよ』

「それを叶えねばならないんだ！」

ネルが動いた。

トランプの山。その一番上のカードに手を乗せて、祈るがごとく目を閉じる。

3か8を引ければ勝利同然。

「ここで引けなければ、私は……！」

『引けないよ』

冷たい宣告。

ネルの正面に佇む神は、ゾッとするほどに無表情だった。

『神は自ら奇跡を啓く者にのみ微笑む。お前はただ追いつめられ、土壇場での奇跡の逆転を願っているだけだ。お前に神は微笑まない』

「……そんなことはない！　私はっっっ！」

引き抜いた一枚を翻し、ネルが目を見開いた。

引いたのはA。

——手役「A・4・5・6・7」。

役なし。

ぎりっ、と。フェイたちに聞こえるほど強く、ネルが奥歯を噛みしめる。

「まだだ……お前の手役次第では——」

『スリーカード』

ネルの眼前に、44489と並んだ神の手札。

言葉を失ったネルの目の前で、その五枚が宙を舞いながらテーブルに落下。ネルの手元から最後のコインが溶けるように消滅していく。

遊戯(ゲーム)終了。

全コイン喪失によってネルの敗北。

それは、人と神の戦いと呼ぶにはあまりにも呆気(あっけ)ない敗北(バッドエンド)だった。

『勝ち筋はあったんだよ。人間(おまえ)にもね』

淡々と響く神の言の葉。

『お前は負けを避けるのではなく、勝ちを奪う戦術を採るべきだった。あの第二ゲームで、一枚交換の虚偽(ブラフ)を挑むべきはお前だったのさ』

「…………」

黒髪の少女は答えない。

目をみひらいたまま、その頬(ほお)から汗が滴り落ちていく。

『はぁ』

亜空間に響きわたったのは、神の呆(あき)れた溜息(ためいき)だった。

『つまんない。人間(おまえ)、弱すぎ』

「…………」

『この遊戯(ゲーム)には最低でも三度(みたび)の機があった。それを台無しにしたのはお前自身だ。決死の一回、泣きの一回、破れかぶれの一回。全・部・お・前・の・負・け・だ』

ふらり、と。

椅子に座っていたネルが、その場から倒れるようにくずおれた。

「ネルさん!?」

駆け寄るパール。だがパールの胸に抱きしめられながら、黒髪の少女はもはや糸が切れた人形のように微動だにできなかった。

その姿を見下ろして——

『久しぶりに挑戦しにきた人間だからと期待したのに』

神の大あくび。

退屈だ、と言わんばかりに。

『大事な仲間から預かった勝ち星。だから負けられない。だからリスクを取った賭けができない。その思考が丸わかり』

神が放り投げたカードが宙を舞い、くずおれたネルの足下へと落ちていく。

『見ていただろう。この人間の敗北は覆(くつがえ)らない』

賭け神(ブックメーカー)が振り返る。

自分(フェイ)へ。

『それと、お前が賭けた三勝は全部もらっておくよ』

「…………」

右の掌に、鈍い痛み。

右手に刻まれていた「Ⅵ」の痣が消えて、「Ⅲ」という痣へと変わっていく。

フェイ――「神々の遊び」六勝〇敗から三勝〇敗へ。

『本当がっかり。つまらない』

賭け神と呼ばれる神が再び溜息。

ネルという人間に勝ったことなどまるで嬉しくない。数十年ぶりに遊戯で遊べるという歓びを削がれたゆえの、子供のように無邪気な「神のいじけ」だった。

『楽しい遊戯ができると思ったのにね。もう帰りな人間』

くるりと背を向ける。

その賭け神へ。

「待てよ。ゲームはここからだろ」

フェイの発した一言で。

去っていこうとする賭け神の足取りが、ぴたりと止まった。

『何を言っているんだい人間？』

「すべて狙い通りだって言ってんだよ」

『？』

「賭け神（ブックメーカー）グレモワール」

ネルの姿をした多相神を見据える。

「このゲームは俺の勝ちだ」

『……何？』

「お前がこのゲームを受けた時点で俺は勝利を確信してた。どう転んでもな。そしてその通りに終わったんだよ」

勝利宣言。

戦線布告を飛び越えて「既に勝った」という宣言へ――

「ネルにもそう言っただろ。勝てば万々歳だけど、負けて落ちこむ必要なんてない」

「……え？」

「よし交代（タッチ）だ」

ぽかんと。

呆気にとられた様子のネルの肩を叩いて、フェイは気丈に笑んでみせた。

「腑に落ちてないって表情だな。すぐに教えてやってもいいけど――」

琥珀の瞳でこちらを見つめる神へ。

「次は俺が遊んでやるよ。答え合わせはその後だ」

『お前が？』

「どうしてって表情だな。なんで俺が勝利宣言してるのか知りたいだろ？　ちゃんと教えてやるよ。既に俺が勝ってるってことを」

神は無言。

その神と対になるように、くずおれたままの黒髪の少女が弱々しく顔を上げた。

「……フェイ……殿……？」

「まあ何とかするさ」

振り返らない。

神と対峙(たいじ)する態勢を崩さぬまま、フェイは頷(うなず)いた。

「ダークスの時も、この前の神さまとの戦いも。二度応援してもらったもんな。その借りはちゃんと返そうって決めてたんだ」

『―――』

「楽しい遊戯(ゲーム)はここからだ。なにせアンタまだ全然遊び足りてないんだろ？」

賭け神(ブックメーカー)。

それは復帰を望む使徒が一対一の遊戯(ゲーム)で戦う神だと言われている。

そんなルール誰が決めた？　なぜなら遊びを司(つかさど)る神さまは誰もが気まぐれで、人間と遊びたくてたまらないから。

「俺が賭けるのは俺の残る三勝。俺が勝ったらネルの敗北数を消してもらう」

ネルの姿をした多相神は無言。

一分、二分、五分と……なかば気が遠くなるくらいの時間を隔てて。

『決めた』

神が笑った。

『決めたよ人間』

「勝負する気になったか？」

『違う。遊戯を決めたと言っているのさ』

ネルの姿で。

ネルにはない琥珀色の瞳を爛々と輝かせて、神が両手を広げてみせた。

『これより三つの遊戯を行う。その全勝負で神が仕組むイカサマを見破ってごらん』

Chapter

Intermission　事務長の悪い予感

神秘法院ルイン支部。

その執務室にあるソファーに寝っ転がって、事務長ミランダはぼんやりと携帯ディスプレイを眺めていた。

「おっ。商店街のフルーツパーラーで極上メロンパフェ限定販売かぁ。ちょっと昼休みに行ってこようかな」

『――――仕事はどうしたミランダ事務長？』

ブォン、という電子音。

生クリームとメロンがあしらわれた美味しそうなパフェの画像がブレて、現れたのは、サングラスをかけた筋骨隆々の大男である。

「うげっ。不味そうな画像。胃もたれしそう」

『ずいぶんなご挨拶だな』

ミランダの悪ふざけに、顔色一つ変えない大男。

金髪を刈り上げた厳つい顔立ちに、プロレスラーが着ているような半袖のジャケットがこれ以上ないほどに似合う強面の男だが、何を隠そうネルが所属する神秘法院マル＝ラ文部のバレッガ事務長だ。

『昼休憩まで一時間もある。仕事をサボって動画視聴とは感心しないな？』

「だーれのせいだと思ってるのかなバレッガ事務長」

ソファーの上で身を起こす。

「こっちは気が気じゃないんだよね。ウチの最注目株のフェイ君が、よりによって自分の勝ち星を賭けて賭け神と戦ってるところなんで。そっちに気が向いて仕事どころじゃないんだよねぇ」

『それは失敬』

真顔で応じるバレッガ事務長。

『こちらのネルが迷惑をかけた』

「まったくだよ」

一方で、ミランダ事務長は苦笑い。

「そりゃあネル君が勝って再起できるなら万々歳。でもリスクが釣り合わない。これでネル君が負けるようなら、人類の希望である六勝が奪われるんだから」

『……止めなかったのか？』

「事務方は命令できないもん。できるのは情報提供と助言だけ。決めるのは使徒」

『それでゲームの動向は？』

「神眼レンズが持ち込めないから状況がわからない。だから私もこんな悶々としてるんだから、少しは気持ちを汲んでほしいね」

『仕事はサボるな。先ほど本部が電子文で送ってきた緊急案件には目を通したか？』

「どうせネル君の件でしょ？」

『違う。だからサボるなと言っている』

「……はいはい。気が向いたら見ますよっと」

携帯ディスプレイをソファーに放り投げて、渋々と立ち上がる。

その場で大きく深呼吸して。

「賭け神と戦うのはネル君。勝つにしろ負けるにしろすぐ終わるって話だったけど案外長引いてる。……まさか連戦？　フェイ君のことだし……まさかとは思うけど、自分が賭け神と戦うなんて余計な勝負挑んでないよねぇ？」

Chapter

Player.3 神がもたらす三つのイカサマ

God's Game We Play

1

『ゲーム名は「三つの奇術（イカサマ）」』


高位なる神々が住む霊的上位世界。

その空間に、神の言の葉が高らかに伝わった。

『これより三つの遊戯（ゲーム）を行う。その全勝負で神（ワレ）が仕組むイカサマを見破ってごらん』

ネルの姿で。

唯一、ネルにはない琥珀（こはく）色の瞳を爛々（らんらん）と輝かせて。

『ゲームの始まりだ』

ピシッ……

フェイたちを囲む空間がひび割れて、次の瞬間、無数の欠片（かけら）となって崩壊した。

真っ暗な空間に放り出された。

そう感じた時にはもう、その漆黒の空間はさらなる変貌を遂げていた。

小さなカジノの小部屋から――

虹色に輝く雲海が眼下に広がる、眩しくも神々しき天上世界へ。

「な、なんですかこれはぁぁぁぁぁぁっっっ⁉　あ痛っ⁉」

急降下。

パールが、そしてそれに続いてフェイたちが落下した先は地面……ではない。

直径数百メートルはあろう超巨大カジノテーブル。

積み上がった金貨は一枚一枚が直径数メートルあり、トランプのカードも一枚一枚がプール場のごとく大きい。フェイたちが落下したのはルーレット台だが、こちらもその上で徒競走ができそうな程の広さがある。

何もかもが桁外れの規模。

「な、何だここは……？」

敗北に呆然としていたネルでさえ、さすがに居てもたってもいられずに立ち上がる。

喩えるなら「天に創られた巨大遊戯場」。

だが誰のための？

金貨一枚が直径数メートルある時点で、これが人間のための場でないのは明らかだろう。人間どころかゾウ、いや地上の覇者である恐竜さえ、これだけ巨大な遊戯場では小さく映るに違いない。

だとすればゾウや恐竜よりも巨大な――

轟っ！

虹色の雲海ごと、フェイたちの立つ超巨大カジノテーブルが大きく揺れた。

「～～～～～～～～～～っっ！」

パールの声にならない悲鳴。

うっすらと霞むほどの遠い雲海の地平から、何かがゆっくりと近づいてきたのだ。

――山のごとき体躯の巨人。

地震に思えた衝撃は、この巨人が歩く足音だったのだ。

それだけではない。

上空から翼を持つユニコーンのような獣や、光輝く名も知らぬ精霊が降りてきて、その・・・・・・・・・・・・・・奥にあるスロットマシーンで遊び始めたではないか。

「おい、これまさか」

フェイが言いかけた矢先。

『神々の遊戯場（カジノ）へようこそ』

大人びた女声。

積み上げられたコインの山々の間から、深紅のドレスを着た黒髪の女性が優雅な足取りで近づいてくる。

『私の神々の遊び場（エレメンツ）は、私に挑む人間の心によって姿が変わる。お前はどんな世界になるかと思ったら、まさかココになるなんて』

「……賭け神（ブックメーカー）か？」

「大正解」

見目麗しい黒髪の女性が、クスッと笑んだ。

『ここはいくつかの神々が酔狂で作った空間。ご覧のとおり、暇を持て余した神々が好き勝手に訪れて遊ぶ場所。人間がやってくるまでの暇つぶしや、人間に負けた傷心を癒やすこともあるかしら……この世界が投影されるのは初めてよ』

「俺は、アンタの姿の方が驚きだよ」

多相神グレモワールは人間に化ける神だ。

ネルとの戦いではネルに変身したように、次は自分の姿になるだろうというのがフェイの想像だったのだが。

「まさかソレが俺に化けた姿……じゃないよな？」

『違うわ』

「アンタの真の姿か？」

『違うわ』

「じゃあ何だ」

『お前———』

琥珀色の瞳。

ネルに化けた時から唯一変わらぬその目が、こちらを覗きこむ。

『お前、いったい誰に守られているのかしら・・・・・・・・・・・・・』

「え？」

『忘れてるってわけね』

多相の神が目を細めた。

意味深に、ふっと可笑しそうな笑みをこぼした。

『多相神は、人間が神々の遊び場を訪れた時点で、その情報を解析する。肉体情報や精神、神呪まで完璧に走査する。が……お前の情報だけは写し取れなかった』

「ん？」

『多相神の干渉が、お前を守る神の守護に弾かれた。人間社会では何ていうの？　そうね、他人の機密情報に不法侵入しようとしたらセキュリティに見つかった——とでも言うのかしら。ずいぶんと神に愛されているじゃない』

「……？　何のことだ？」

それはフェイの一切偽りのない本心だ。

多相神グレモワールが、なぜか自分への変身に失敗したらしいのだが。

——神の守護。

そう言われて唯一思い当たるのが、自分の神呪「神の寵愛を授かりし」。

擦り傷から致命傷、悪意、呪い、運命、あらゆる神々の干渉さえ問答無用で消し飛ばす究極の自己再生能力だ。

巨神タイタンの『神ごっこ』では、タイタンの拳を受けても行動不能から蘇生した。

とはいえ——

人間側は、どの神から神呪を与えられたのか知る術がない。

……俺もそうだ。

……子供の頃に、気づいた時には手の甲に小さな痣ができてた。

神呪を宿した徴となる神の痣。

どんな神にどんな基準で選ばれたのか知る術もなく、その痣自体もわずか数日で消えてしまう。フェイも、この神呪が与えられた理由は当然知らない。

『ま。どうでもいいわ。ゲームには関係ないことだし』

多相神グレモワールが、ウェーブがかかった黒髪を指で梳(す)きながら。

もう片手を自らの胸にあててみせた。

『この姿は、つい最近化けた人間から選んだものよ。人間社会で一番大きなギャンブル場を作った伝説のギャンブラーらしいけど、知ってる？』

「有名なのか？」

『五十年くらい前かしら』

「知るかっ⁉」

神の感覚では五十年でも最近扱いらしい。

フェイにとっては当然に生まれる遙(はる)か前である。

『だからどうでもいいと言ったでしょ。大事なのはここから』

賭け神(ブックメーカー)が、ハイヒールの踵(かかと)で足下を叩(たた)くように踏みつける。

ズッ……

足下から這(は)い上(あ)がってきたものは、つい先ほどネルと賭け神(ブックメーカー)が使った人間用のカジノテーブルと椅子。

『この遊戯は「三つの奇術(イカサマ)」。これより三つの遊戯(ゲーム)を行うわ』

黒髪の神が手を突き出した。

指を三本広げてみせて――

『お題は順番に①コインの裏表あて、②ポーカー、③ババ抜き。この共通点は？』

「どれもほぼ運ゲーだ」

『この三つの遊戯（ゲーム）すべてで私が勝つ。お前にね』

「…………」

『変だなと思ったでしょ？　そのとおり、これは不自然なのよ』

神が笑った。

実にイタズラっぽい無邪気な笑みで。

『おかしいと思ったでしょう？　運に影響されるゲームで勝利予告だなんて。それこそイカサマでもしないとできっこない』

「イカサマするんだな」

『そう。勝負は、私が仕掛ける「必勝のイカサマ」を見破ること』

実に単純明快だ。

三つの遊戯（ゲーム）に仕掛けられたイカサマを、フェイが見破ることができれば勝利。

『そして大事な約束。私は一・種・類・の・イ・カ・サ・マ・し・か・使・わ・な・い』

「……へえ。面白いな」

フェイもすぐには思い浮かばない。

列挙された三つの遊戯を必勝にする。そんなイカサマがあるのか？

「興味あるな。それがゲーム中に人間が見破れるイカサマなら勝負を受ける」

『ならばこうしましょう』

神が手招きした。

フェイの後ろに立っているレーシェ・パール・ネルの三人を。

『私のイカサマをお前の仲間には先に教えておく。それで全員が納得できるイカサマならば勝負としましょう』

「は、はいぃっ!?」

「なにっ……！」

「自信あるわねー。いいわよ聞いてあげる」

少女たちはまさに三者三様の反応だ。

驚きながら、動揺しながら、声を弾ませながら、賭け神に応じて歩いていく。

特にネルは苦い敗北を喫したばかりの相手。何とも居心地の悪そうな表情で賭け神の囁きに耳を傾けて。

『私のイカサマは「――」。三つの遊戯でそれぞれ――。具体的には――


――』

囁き声。

それを見守ること、数十秒。

「ちょ、ちょっとそれって⁉」

「待て待て！　た……確かに理屈は成り立つが、イカサマとしてどうなんだ⁉」

パールとネルが叫んだ。

互いに弱った表情で顔を見合わせて。

「……うー、うーん。ええとその……今まで聞いたこともないイカサマですが、あたしは、何とかなると思います」

「……出来なくはないか。随分と腹立たしいイカサマだがな」

困惑気味のパールの隣で、苦々しい面持ちながらも頷(うなず)くネル。

イカサマを聞いて二人は少なからず動揺した。

にもかかわらず二人が異議を唱えないということは、そのイカサマが看破可能であると見なしたからだろう。

「あははっっ、何それ面白い！」

レーシェにいたっては大爆笑。

炎燈色(ヴァーミリオン)の髪を振り乱し、なんとお腹(なか)を抱えて笑いだしたではないか。

「いいわよ！　わたしそれ楽しいと思う！」

ひとしきり笑い終えて。

レーシェがこちらに向かって振り向いた。

「ってわけだから。フェイ頑張ってね」

「あ、あたしも！　フェイさんならきっと見破れると思います！」

続いてパールが手を挙げる。

最後に——

「フェイ殿」

ぐっと拳を握りしめて、ネルが表情を引き締めた。

「本当にかたじけなく思う。私の口からイカサマの正体を告げるわけにはいかないが……このイカサマは必ず暴ける！　信じているから！」

判断は下った。

チームメイトである三人の少女たちが、全員一致で「見破れる」と断言してみせた。

「わかった。俺も遊戯(ゲーム)に乗る」

『では始めましょう』

対面の席へ、見目麗しき女の姿をした神が優雅に腰掛ける。

カジノテーブルを挟んで対面へ。

『神がもたらす三つの奇術(イカサマ)。あなたに見破れるかしら？』

遊戯『三つの奇術』
【勝利条件】多相神グレモワールが繰りだす「必勝」のイカサマを見破ること。
【敗北条件】三つの遊戯の終了時にイカサマを見破れなかった場合。
勝利すればネルの三敗が消えて再起。
敗北すればフェイの三勝が消えて〇勝〇敗に。

第一の遊戯、『コインの裏表当て』、開始。

色のコインの山を指さす神。
『使うコインを選びなさい』
カジノテーブルに積み上げられた何百枚というコイン。金色や銀色、黒、白、あらゆる
——一枚選べ。
その意味を汲み取って、フェイは黒白模様のコインを引き抜いた。
表（白）にはフェイの顔。
裏（黒）には多相神が化けた女の顔。
……コインを投げて表裏どちらが出るか当てるだけ。
……俺が投げるなら狙った表裏を百発百中で出せるけど、神さまも当然同じか。

どちらが投げても公平さに欠ける。

「コイントスは俺か、アンタか？」

『お前の仲間がやるのよ』

神の指先が、見守っていた三人の少女たちへ向けられた。

『イカサマ以外は公平にね。これから行う三つのゲームは、すべてお前の仲間に進行役(ディーラー)をやってもらう。まずはお前から』

多相神(グレモワール)がコインを宙へと弾(はじ)く。コインが弧を描いて渡った先で。

「……気は進まないが」

そのコインを掴(つか)んだのはネル。

「フェイ殿。私が進行役(ディーラー)をさせて頂く」

自分(フェイ)と多相神(グレモワール)が見つめる前で。

ネルが「では……」と片足を上げて、靴のつま先にコインを乗っけて——

「？　ネルさ、何してるんだ？」

「見ての通りコイントス役だが」

「？？　コイントスって普通は指でコインを宙に弾くんじゃ……」

「私は足の方が馴(な)れていて、コインは蹴った方が綺麗(きれい)に飛ぶんだ」

さながらサッカーのリフティング。

爪先ほどの大きさであるコインを、器用にも何度も何度も蹴り上げてみせる。

「ほら私は神呪(アライズ)で足を使うから。キック練習は欠かさない」

「ああなるほど……」

ネルの神呪(アライズ)『モーメント反転』は、彼女が蹴った対象をエネルギー・質量の大きさを問わず跳ね返す力である。

……初めて会ったときはトラックを蹴り返してたっけ。

……咄嗟(とっさ)に足が出たってことは、それだけ訓練してるってことだもんな。

足を使う神呪(アライズ)。

ネルにとっては、コインを宙に蹴り上げるのも造作ないらしい。

「私がコインを蹴り上げる。手順としては①私がコインを蹴る。②コインが空中にある間に、フェイ殿がコインの表裏を選ぶ。③フェイ殿の宣言後、公平を期すため空中のコインを私がさらにもう一度蹴り上げる。それで落下したコインの表裏で決着だ」

白の表面にはフェイの顔。

黒の裏面には多相神(グレモワール)の顔が刻まれている。

……俺がこのコインを選んだのは、表裏で色が違うから。

……白と黒で色が分かれているから、空中での不自然な挙動を見分けやすい。

コインが宙に飛んだ後、その空中軌道に露骨な細工はできない。

さらに表裏の選択権はフェイにある。

……賭け神(ブックメーカー)は、このゲームに干渉(イカサマ)で必勝すると言ってる。

……つまりイカサマは、コインの表裏を俺に絶対当てさせない類(たぐい)と推測される。

どんな干渉(イカサマ)だ？

フェイが見守るなか、ネルが改めて靴先にコインを乗せた。

「いくぞフェイ殿」

ネルの足が一瞬ブレた。さながら踊り子のごとく自らの頭上より高く足を蹴り上げて、コインを宙へ蹴り上げる。

クルクルクルクル……と。

人の目では到底追いつかない超高速回転。フェイ自身、過去にコイン当ての訓練をしたことはあるが、百発百中で当てることは難しい。

せいぜい八割。

高速で回転する黒と白のコインの軌道を、落下ぎりぎりまで見極めて——

「表」

フェイの宣言が終了。

そのタイミングで、落ちてきたコインをネルがもう一度蹴り上げた。一回目とまったく同じ軌道で上昇し、一度目と同じ軌道で落ちてくる。

コインが落下して——

柔らかいクッション地の床で小さく跳ねて……そして止まった。

黒の多相神(グレモワール)の面で。

「…………裏だ、フェイ殿」

押し殺した声で、ネル。

「……すまない」

「ネルが謝ることじゃない。ただの運ゲーだろ？」

そう。今のは完全な運試しだった。

コインの落下に不自然な挙動はなかった。コインが空中で一時停止したり、強引に裏が出るようねじ曲げられたような動きもない。

……表が出るか裏が出るか。

……ぱっと見、確率二分の一で、偶然、俺が負けたようにしか見えないけどな。

賭け神(ブックメーカー)は予言していた。

自分(フェイ)の敗北は、神のイカサマによってもたらされた「必敗」であると。

「よしわかった」

パンと手を打ち鳴らす。

「次だ次。第二ゲームはポーカーだったっけ」

『ずいぶん急ぐのね。それは焦（あせ）りかしら？』

「いいや」

テーブルを挟んで向かい合う神へ、フェイは平然と応じてみせた。

「人間の世界で、ミランダ事務長が冷や冷やしながら俺らの帰りを待ってるんでね」

『ではポーカーの説明に入りましょう』

「さっきと同じか？」

『いいえ。このポーカーは一回きり。だからコインも使わないわ』

ざぁぁっ、と。

テーブル上にあるコインの山々を脇にどかす賭け神（ブックメーカー）。

『ただの手役の集めっこ。五枚の初期手札があって、一回だけ自由に手札を交換できる。その手役で勝負する』

「完全に運ゲーだな」

『必勝よ。そういうイカサマだもの』

テーブルに片肘をつき、賭け神（ブックメーカー）が、悠々と頬杖（ほおづえ）をついてみせる。

『始めましょう。まずはゲームの進行役（ディーラー）を決めましょうか』

「わたしっ！」

レーシェが勢いよく手を上げた。

「わたしがカードを配れば公平でしょ！　ってわけでさっそく始めるわよ！」

賭け神（ブックメーカー）が言う前からトランプを手にするレーシェ。

未開封の証（あかし）であるシールを引っぺがし、ジョーカー二枚を除いた五十二枚をテーブル上に展開する。

「ふむふむ。ちゃんとカードは揃（そろ）ってるのね。目印っぽい模様もなさそうだし」

レーシェがイカサマ確認。

フェイの目でも同様だ。このトランプは新品かつ純正品。レーシェが何の反応もしないことから、神の見えざる力がトランプに働いている可能性も低い。

……もともとトランプ自体に何かを仕掛ける線は薄い。

……三つの遊戯でイカサマは一種類という縛りがあるからだ。

コインの裏表当て。ポーカー。ババ抜き。

この三つでイカサマは共通。もしもポーカーのイカサマが「トランプへの細工」なら、コインの裏表当ても「コインへの細工」だったはず。

……それは絶対ない。

……コインの裏表当ては、裏表を選ぶ権利が俺にあったから。

たとえば必ず裏が出るコインを用意したとしても、フェイ側が裏を宣言していれば神は敗北していた。

そんな不確実なイカサマではない。

なぜなら「必勝のイカサマだ」と神は宣言している。

……そうだな。このポーカーで二つか三つにまでイカサマを絞りたいな。

……最後にババ抜きで確定させる。

このポーカーは絶好の機だ。

わずか十数秒で決着がつくコイントスと違い、ポーカーは思考にじっくりと時間をあてられる上に、賭け神の挙動も探れる。

「フェイ、始めていい？」

「ああ配ってくれ」

頷きながらも、フェイは瞬きもせず対面の神を凝視し続けた。テーブルに片肘をつき、頬杖をついて優雅に微笑む黒髪の女性。

……余裕たっぷりだな。

……俺にどれだけ見られても、イカサマを見破られる心配はないと？

カード配布。

進行役のレーシェが、フェイ、賭け神の順で交互に五枚のカードを配っていく。

「今回はカードが宙に浮かばないのか？」

レーシェの配った五枚は机上に伏せられたまま。

先ほどネルが戦ったような、互いの手札が浮かび上がる気配がない。

「神がトランプを浮遊させたらそれも干渉と見なされるでしょ？　そんなものを指摘されても興ざめだもの」

「なるほどね。それもヒントってわけだ」

五枚のカードを拾い上げる。

フェイの手札は「8・8・A・A・7」。

ツーペア。それも最強のAを絡めている時点で、通常のポーカーであれば勝負手と呼ぶに十分な手役である。ここから7を交換して888AAか88AAAとなればフルハウス。ほぼ勝利が約束された手役になる。

対して——

『手役はどうかしら？　強いカードが来るといいわねぇ』

微笑を湛えたままの神。

フェイと同じく、その手元には五枚のカードがあるのだが。

……問題はその余裕綽々の笑顔だ。

……その笑みは手役が良いからか？　それともイカサマへの自信の表れか？

おそらくは両方。

「手札の交換はどちらが先だ？」

『どちらでも』

「なら、俺が先に交換させてもらう」

五枚の手札「8・8・A・A・7」を再び一瞥。

そしてフェイは、五枚のカードすべてをテーブル上に放り投げた。

「五枚チェンジ」

「なっ⁉」

「はぁいぃぃぃぃぃぃっっっ⁉」

後ろで見ていたネルとパールが、思わず身を乗りだした。

散らばったカードを指さして。

「何をしてるんだフェイ殿⁉」

「そ、そうですよ！　だってツーペアが出来てたんですよ。交換なら7を一枚だけ。どんなに貪欲に攻めるにしたってAのペアは残しておくべきじゃ……」

「それじゃあ絶対に勝てないだろ？」

神の見えざる干渉がある。

この手役ツーペアも神の意のままに仕組まれたものなら、素直に一枚チェンジしたところで賭け神の手役には絶対勝てないはずなのだ。

それゆえの五枚チェンジ。

……このポーカーでの勝利なんざ意味がない。

……俺が見たいのはトランプの山の二枚目以降。それゆえのオールチェンジだ。

自分(フェイ)が素直に一枚交換した場合——

山の上から二枚目以降がすべて賭け神(ブックメーカー)の手札に回る。その予定で何かを仕組んでいるならば、この五枚チェンジで見極められる。

「じゃあ配るわよ」

レーシェが新たに五枚を再配布。

ネルが、パールが、緊迫の面持ちで見守るなか手札を広げて——

手札「2・4・9・J・J」。

ワンペアだ。初手のツーペアより手役が落ちた上に、カードを見ても山にあからさまな数字やマークの偏りは発見できない。

「お前の交換は何枚だ?」

『いいえ』

いいえ、とは?

その意味をフェイが問うより早く、黒髪の美女が手札をテーブル上に広げてみせた。

手札「A(◆)・2(◆)・3(◆)・4(◆)・5(◆)」。

『ストレートフラッシュ』

「っ！」

ポーカーにおけるほぼ最強役。

自分（フェイ）の五枚フルチェンジという裏をかいた作戦が意味をなさないほどの、運が良いでは済まされない超低確率の役である。

思わず苦笑さえこぼれてしまう。

あまりに露骨な「仕組んでます」アピールにだ。

……なるほどね。初期配布の時点で神のストレートフラッシュは完成していた。

……ようやくイカサマらしくなったじゃないか！

先ほどのコイントスは、そもそも干渉の存在さえ疑わしかった。

表か裏かの二択を自分（フェイ）が外しただけという可能性も捨てきれなかったが、このポーカーではハッキリと干渉（イカサマ）を感じ取れた。

……さあ考えろ。

……コインの裏表とポーカーに共通する、神のイカサマはいったい何だ？

たとえばコインの裏表当てでは――

フェイの「表」宣言後、神が、念動力（サイコキネシス）のような力でコイン落下を操作して「裏」向きで落とすことは可能だろう。

ではポーカーは？

同じ念動力（サイコキネシス）で、手役を自在にすり替えることは？

……トランプの山から好きなカードをこっそり引っこ抜く。

……俺が見張ってる前でだぞ。できるか？

念動力（サイコキネシス）は保留。

他にも、神の力で実現できるであろう超常現象はいくらでもある。

コインの裏表当て　＝　①時間停止（表裏を逆にする）、②催眠術（表裏を錯覚させる）

ポーカー　＝　①時間停止（手札すり替え）、②催眠術（絵柄を錯覚させる）

さらには③「神側の運を引き上げる（コインの裏表もポーカーもその幸運で勝利する）」

という運命改変じみた、途方もない干渉（イカサマ）も捨てきれない。

神の力は無限なのだから。

……わかっちゃいたけど雲を掴（つか）むような手がかりしかない。

……相手が神だからこそ、絞るのも厄介だな。

ざっと思いつくだけでも有力な干渉（イカサマ）が数十個。そして残された遊戯（てがかり）はあと一つ。

「三つ目はババ抜きだよな」

『思案の時間はもう終わり？』

「ああ。考えるのは全部終わった後でいい」

これが最後。

そしてババ抜きの進行役を務めるのは——

「よしっ、行ってきなさい！」

「ひゃぁん!?」

レーシェにバシッとお尻を叩かれて、金髪の少女が跳びはねた。

そうパールだ。賭け神の手招きに応じておずおずと歩いてきて、自分へと目配せ。

「あ、あのフェイさん……」

「緊張しなくていいさ。カードを配ってくれりゃあいい。後は俺のゲームだしな」

「————」

「？　どうした？」

「い、いえ何でもないですっ！……ただ変なミスしたらどうしようって」

「カードを配るだけだって。ミスだなんて——」

「あああああっっっ!?」

宙を舞うトランプ。

フェイが声をかけていた目の前で、パールがシャッフル途中に手を滑らせてトランプを盛大にばら撒いた。

「このトランプよく滑りますぅぅぅぅぅっ⁉」

「……ミスするもんだなぁ」

床にばら撒かれたトランプを一緒に拾い上げる。

だが思いがけぬ幸いだ。床に落ちたトランプ一枚一枚を拾い上げ、その表面をさりげなく観察する。

……どのカードにも細工はない。

……表にも裏にもだ。

二戦目のポーカーと合わせてここまでは断言できる。

「えっと五十二枚のカードに、ジョーカーを一枚足して計五十三枚あります」

カードをシャッフルしつつ、パール。

「今から二人に配ります。二十六枚と二十七枚で大量ですが、同じ数字の組がたくさんできますよね。それはテーブルの脇にどかしてください」

そしてカード配布。

フェイの手札は二十七枚。その中には数字が同じ組があり、揃った組は捨てていく。

残った手札は六枚――

3・5・8・9・Q・そしてジョーカー。

対する神の手札は残り五枚。これは当然にジョーカーを除いたフェイの手札の相方だ。

『手札の多いお前に選ばせてあげる。引く？　それとも私が引く？』

「なら俺が引く」

神の手札から左端を引き抜く。

8の組(ペア)が揃い、フェイの残り手札はジョーカーを含めた五枚。

『では神(わたし)の番。……ところで』

黒髪の美女が指をパチンと打ち鳴らした。

『そこの人間、何を帰ろうとしてるのかしら？　お前の役目はここからよ』

「ひゃいっ⁉」

そろりそろりと戻ろうとしたパールが、指を指されてビクッと硬直。

『この人間に勝って欲しいんでしょう？　特別大サービスよ。私がイカサマできないよう私・の・手・札・を・見・張・っ・て・る・と・い・い・わ。私の真後ろからね』

「……どんな風の吹き回しだ？」

『言ったでしょう。人間でも勝てる公平なゲームを選ぶのが神(わたし)の流儀。ほら、私の手札も全部見せてあげる』

賭け神(ブックメーカー)の手元が翻(ひるがえ)る。

後ろに回りこんだパールから見えるようにだ。

『私の手札は四枚。怪しいカードはあるかしら？』

「……ありませんです」

パールが、おずおずと首を横に振る。

「フェイさん。あたしが見てるかぎり、カードにイカサマは見つけられません」

『そういうわけよ。で、神(わたし)がカードを引く番だったわね』

黒髪の美女が手を伸ばす。

フェイが広げる五枚のカードを、順番に指さししていって。

『じゃあこれ』

右端のカード。

そのカードを覗(のぞ)きこんだパールが、「あっ⁉」と小さな声を漏らした。

ジ・ョ・ー・カ・ー。

これはフェイにとっても想定外だ。

……てっきり俺のジョーカーを悉(ことごと)く避けるイカサマかと思ったら。

……偶然引いた？　それとも狙ってか？

違和感。

なにしろ神が必勝を謳(うた)う遊戯(ゲーム)だ。フェイ側にジョーカーがある時点で、常にジョーカーを避け続ければ神の勝利が確定するはずだったのに――

な・ぜ・だ。

逃してはいけない。この僅かな違和感を「まあいいか」で済ませてはいけないと、自分の経験則がそう訴えかけてくる。

『知ってのとおりジョーカーは私に渡ったわ』

五枚の手札を、自分からはわからぬ角度でシャッフルする神。

それを広げてみせて――

『お前が引く番よ』

「ああ」

フェイが引いたのはQで、組が完成。残るは3・5・9の三枚だけ。

『では私の番』

神が引いたのは右端の5。

残る手札はフェイが3・9の二枚。賭け神が3・9・ジョーカーの三枚。

この時点で――フェイが圧倒的な有利に立った。

ここで3・9のどちらかを引ければ勝利。（次に神が残った一枚を引いて、フェイの手札がゼロになる）。

勝利確率66・66666パーセント。

神の手札にある三枚のうち、ジョーカーさえ引かなければ勝ち。

「俺の番だな」

二度続けて左のカードを引いた。三度目も左——ではなく、フェイが選んだのは反対の右側だ。それを勢いよく引き抜いて。

「っ」

・・・・ジョーカー。

……つまり俺は引かされた・・・・・た。

悪い予感は的中した。

……過去二回、手札の左を連続で選んだうえで、最後に右を選んだのにだ。

自分(フェイ)が「右・中央・左」のどれを引くかは神も読めなかったはず。

それこそ予知能力でも無いかぎり、フェイが引く位置にジョーカーを前もって配置することはできないだろう。

……だけど予知能力じゃない。

……予知能力ならコイン当てとポーカーで「必勝」できないからな。

フェイの手札残り三枚。

『私の番ね』

黒髪の美女が、指先で摘(つま)むように取ったカードは9。これで組(ペア)が完成。

『はい、おしまい』

自分(フェイ)の手札は3・ジョーカー。

神の手札は３のみ。

そして次はフェイが引く番だから、神の手札がゼロになる。

——フェイ敗北。

神が宣言した「必勝」の三遊戯は、宣言どおりにゲームが進んだ。

『ほらね？』

冷笑を浮かべる神。テーブルの脇で不安げにこちらを見つめるパールと、後方でそれを見守っているネルとレーシェ。

『さあ答えてごらんなさい』

テーブルに再び頬杖をつく神が、見上げるような上目遣い。

『神のイカサマを』

「…………」

その言葉に、フェイはその場で腕組みして目を閉じた。

思いだせ。

いま行われた三遊戯の過程すべてを。

……まず最後のババ抜きだ。

……俺はジョーカーを引か・さ・れ・た。それも間違いなく作為的な干渉で。

カード本体への細工はない。

ではどんなイカサマがありえるか？

ババ抜き　＝　未来予知、（カード）透視、読心術、カードのすり替え

神は何らかの手段でカードを判別している。

だが透視や読心術では、コインの裏表当てで必勝できない。未来予知もだ。コイントスで表裏を選んだのが自分(フェイ)である以上、必勝ではない。

……三遊戯(ゲーム)すべてで使えるイカサマは、何だ？

……相手は神だ。何だってできる。

たとえば「時間停止」や「空間を強引にねじ曲げる」や「運命操作」の類(たぐい)。

人間では対応不可能なチートが可能なら、三遊戯(ゲーム)どれでも神の必勝は成立するだろう。

……ただ成立するとして。

……そんなつまらない干渉、そもそも三人が納得するか？

これが最大のヒントだ。

ネルとパールが驚いて、レーシェが大爆笑するイカサマであること。

〝あはははっっ、何それ面白い！〟

〝あたしも！　フェイさんならきっと見破れると思います！〟

〝フェイ殿……このイカサマは必ず暴ける！〟


三人は暴けると断言した。

神の干渉は、人間が想像する「イカサマ」の範疇にある。時間停止や幻覚、運命操作、あるいはさらに常識外れの神チートのようなものではない。

そしてもう一つ。

最後の遊戯「ババ抜き」で感じた違和感だ。

……賭け神が、俺の手札にあったジョーカーを引いた。

……あれは絶対におかしい。

運ゲーで必勝を謳うなら、神はババくらい簡単に避けられたはず。

結果的には自分がババを再び引かされたことで敗北したが、あの遊戯だけは神にも隙が見えた。


……全能の力じゃない。

……このイカサマじゃ、俺の手札のババは見切れないってことか？

推察しろ。

この三遊戯で起きたすべての事象を思い起こせ。

①　神の干渉は、コインの裏表でフェイの予想を外すことができる。
②　神の干渉は、初手ストレートフラッシュを仕組むことができる。
③　神の干渉は、フェイの手札にあるババは見透かせない。
④　神の干渉は、――――――――できる。（③から推測できる能力）

…………

……なるほどね。

だとしたら。

その全てに整合性を持たせられるイカサマは一つしかない。

『待っているのは退屈ねぇ』

テーブルに頬杖をつく神が、やれやれと溜息。

その手で砂時計をクルクルと回しながら。

『あまり長いと時間制限を用意しちゃうわよ？　この砂時計の砂が落ちたらそこでタイムリミットにしちゃおうかしら』

「ところでレーシェ」

その問いをさらりと流して。

フェイは、後ろに立っていた炎燈色(ヴァーミリオン)の髪の少女に振り向いた。

「一つ雑談なんだけど」

「なに？」

「ババ抜きで必勝するイカサマって二つあるよな。レーシェはどっちが好きだ？」

「…………」

元神さまの少女が一瞬の沈黙。

だが次の瞬間、何とも晴れやかな笑顔でこう返事した。

「え、何それ？　わたしわかんなーい」

「ああ大丈夫。ちょっとした雑談だし。……で」

振り返る。

カジノテーブルを挟んだ対面——琥珀(こはく)色の瞳でこちらを訝(いぶか)しげに見つめる神へ。

「もう一回やろう」

『っ？』

「負けっぱなしは悔しいからリベンジする。ババ抜きでもう一勝負だ。パール、悪いけどもう一回カードを配ってくれ」

『……何を言ってるの？』

神の言葉に混じる、小さな苛立(いらだ)ち。

『遊戯はお終いよ。イカサマを見破ることができずに時間稼ぎだというのなら――』

「いいや」

神の言葉を断ち切る、人の言葉。

それだけの言霊を乗せて、まっすぐ神を睨めつける。

「それとも、もっとハッキリした宣言が必要か？　ならこう言ってやるさ」

一拍の時を隔てる。

これが、人間から神に挑む挑戦状。

「次のゲームで神の『必勝』を打ち破る」

『……最後の慈悲よ。人間、進行役をなさい』

賭け神が指を打ち鳴らす。

その仕草を受けて、再びパールがトランプを手にした。

フェイと賭け神が見守るなか、何度も何度もシャッフルし、緊張の面持ちでカードを交互に配っていく。

……面白いな。

……ここまで偶然の再現になるってわけか。

フェイの手札は二十七枚。その中から数字が同じ組を捨てていく。

ただし今度は一枚一枚ゆっくりと時間をかけて。5と5。AとAなど。揃えた組は一ミリのズレもなく綺麗に重ねてテーブルの脇へ。

『ずいぶん丁寧にカードを揃えていくじゃない』

「俺から駄々こねた泣きの再戦だ。真剣に臨んだってバチは当たらないだろ?」

手札の選別終了。

フェイの残った手札は5・7・J・Q・そしてジョーカーを含めた五枚。

対する神の手札は四枚。

「さっきと同じで、手札の多い俺から引いて構わないのか?」

『ええどうぞ』

淡々と応じる神。

その手にある四枚からフェイが引いたのはJ。これで残る手札は四枚と三枚。続いて神がフェイの手札から引いたのは7。

そして――

この時点で勝負は決した。

「賭け神、前のゲームじゃお前が引いたのはジョーカーだったな」

『そうね。運が悪かったわ』

「ああ、確かに運が悪かったんだろうな。でもお前は気にしないんだろ？」

『当然よ』

神が笑った。

『ジョーカーを引いても神（わたし）が勝つから』

「ああそうかい」

フェイの手札は５・Ｑ・ジョーカー。

神の手札は５・Ｑ。

そしてフェイが引く番………変化はここで起きた。

「――――」

フェイが手を止めたのだ。

黒髪の美女が手にした二枚のカードを凝視して、カードに触れる寸前で手を止めた。

『どうしたの？　そんな神の手札をじっと睨（にら）んで』

「トランプの裏を観察してるのさ」

『？』

黒髪の美女が目を細めた。

それもそのはず。ジョーカーを持っているのはフェイなのだ。ジョーカーのない神からカードを引くのになぜ熟慮の必要がある？

神の手札は5・Q。

どちらを引いてもフェイの5・Qと組になり、テーブルの脇に捨てられるだけ。

「――――」

『理解に苦しむわね』

フェイが伸ばしかけた手を、冷たい瞳で見下ろす賭け神。

『お前はイカサマを見破ったと言った。このババ抜きで神に勝つと』

「ああ」

『なのに何を悩むの？』

「悩んでるんじゃない。選んでるんだよ」

『？』

「この二枚のどちらを選ぶかで、俺の勝敗が決するんでね」

『……………』

神は沈黙。

だがその後に深々と吐きだした息は、はっきりとした侮蔑の感情が込められていた。

『好きにしなさい。けれど「外れ」とだけ言っておくわ』

「好きにするさ」

神が手にした二枚のカード。

その内訳が5・Qであることは確実だ。もしも違う数字であるなら、先のゲームと同じく神の手札を見張っているパールが気づく。

「決めた」

フェイが選んだのは向かって右側。

Qが揃(そろ)って、残すのは5とジョーカーの二枚。そして次は神が引く番。

『じゃあこれ……あら残念』

神が引いたのはジョーカー。

これで神の手札が5とジョーカーになり、フェイの手札は5が一枚のみ。

『もしやラッキーだって思ってる?』

神の嘲笑。

『運命の二択。ここで神(わたし)から5を引ければお前の勝利……に見えるわよね。あいにく、いまお前が辿(たど)っている道は一度目のゲームの再現でしかない』

「もっとハッキリ言えばどうだ?」

その冷たい笑みへ。

フェイは、ただただ平然とそう告げた。

「お前が仕組んだものは、俺が永遠にジョーカーを引かされるイカサマだって」

『っ!』

「それは通じない。なぜなら既に、これは俺の――」

手を伸ばす。

神の手に握られた二枚のカード。二択のようで「絶対にジョーカーを引かされる干渉」が仕組まれたカードから――

「答え合わせの時間だから、だ」

フェイが引いたのは５。

自らの手元にあった５と組(ペア)が出来上がり、そして手札はゼロとなる。

『っっっっ⁉』

神が、琥珀(こはく)色の目をみひらいた。

信じられない。神のイカサマが発動している以上、この人間は絶対にジョーカー以外を引くことができないはずなのに。

「何が起きたのかって表情だな」

５の組(ペア)をテーブルに残して、立ち上がる。

そこには――

今にも泣きそうなほど顔をくしゃくしゃにして、笑っているパールがいた。

「……フェイさんっ！」

「ま、こういうことだ。裏の勝利条件クリアってことで」

そう。

この遊戯『三つの奇術』には表の勝利条件と対をなす、裏の勝利条件がある。

遊戯『三つの奇術』
【勝利条件】　多相神グレモワールが繰りだす「必勝」のイカサマを見破ること
【勝利条件（裏）】　多相神グレモワールとの遊戯で勝利すること
＝神の敗北により、「必勝」という大前提が根底から崩壊するため。

もっとも――

この裏条件は、表となるイカサマ看破を達成しない限り不可能なのだが。

「イカサマの正体は『共謀』だ。神と俺の仲間とで」

座したまま微動だにしない神へ。

フェイは、勝利宣言となる答えを突きつけた。

「この場は四対一だった。神（おまえ）が一じゃない。一だったのは俺。そうだろレーシェ？」

「……ぷっ」

その瞬間。

後ろで口をつぐんでいたレーシェが、噴きだした。

「あはっあはははっ大正解！　いやぁやっぱりバレちゃった！　わたしは上手（うま）くやったのになー。ネルとパールが怪しまれたのかしら」

「あたしのせいじゃないですよっ!?」

「わ、私だって……！」

堰（せき）が切れたと言わんばかりに、少女三人が次々と騒ぎだす。

緊張の糸が切れたのだ。

フェイが賭け神（ブックメーカー）に勝利できるかの緊張と、それ以上に、フェイを欺（だま）して賭け神（ブックメーカー）のイカサマに協力するという背徳感からの解放で。

「ねねフェイ、どうしてわかったの！」

レーシェだけは、悪びれた様子は皆無である。

むしろどのタイミングで自分（フェイ）がイカサマを見破るか、ワクワクしながら見守っていたのだろう。

「違和感はあったんだけどな。たとえば……」

フェイが横目を向けた先には、カジノテーブル。

テーブル上に散らばったカード群のなか、たった一つ異彩を放つ絵柄のジョーカーが。

「ネルさ。さっきの俺とレーシェの話ってわかったか？」

「……むっ？」

ネルが戸惑いがちの表情で。

「フェイ殿？　それは『ババ抜きの必勝法は二つある』という件か？　むしろ私も気になっていたんだ。あれはいったい？」

「絶対にジョーカーを引かないイカサマか、絶対にジョーカーを相手に引かせるイカサマ。このどちらかを満たせば必勝だろ？」

「っ！」

そう。

ババ抜きで「必勝」を宣言するには、この二つのどちらかを満たす必要がある。

前者ならばジョーカーを一度も引かない回避。

後者ならばジョーカーを何度引こうと、それを相手に返す。

「俺は最初、神のイカサマは前者かと思ってた。ポーカーの初手ストレートフラッシュを見たことで『必要な条件を揃えるイカサマ』だと無意識に思い込んでたからな」

だが違ったのだ。

フェイがその認識を改めたのは、ババ抜きの最初のゲーム。

「神はババを引いた」

この時点で必勝法は「絶対にジョーカーを引かせる」系統だと推測できる。

「重要なのはここからだ。俺にババを必ず引かせる＝このイカサマは、神の手札にジョーカーがある場合のみ発動する」

さらに言い換えるなら。

神は、フェイの手札にはイカサマできない。

神は、神の手札にのみイカサマできる。

「で。ここでもう一つの違和感が鍵になった。そうだろパール」

金髪の少女に振り返って。

「なんで俺が二十七枚だったんだ？」

「……え？」

「ああいや、もちろん答えはわかってるさ。そういう役回りだったもんな」

ババ抜きの使用カード枚数は——

AからKまでの13種類×4絵柄＝52枚。そこにババを加えて計53枚。神と人間とで分けるなら二十六枚と二十七枚。

ここで注目すべきは進行役であるパールの行動だ。

〝今からお二人に配ります。二十六枚と二十七枚で大量ですが――〟

〝フェイの手札は二十七枚〟

自分（フェイ）の方が多かったのだ。

ババ抜きというゲームは「極力ババを引かない（引いたらすぐに引かせて渡す）」。この原則上、手札は少ない方が有利になる。

進行役（ディーラー）は公正公平に。

だが有利な二十六枚をどちらに与えるかの裁量がある以上、ここはフェイに二十六枚を与えるのがパールの自然心理。

「パールはなぜか、俺が不利になるよう手札を配った。しかも二度のゲームで二度ともな。これはちょっと説明つかない」

仲間（パール）が見せた不穏な動向。

そこで始めて仲間（パール）に疑問を抱き、そして気づいたのだ。

「ババ抜きの最中、パールは常に神の後ろに立っていた。そう。神の手札を見ていたんだ。監視と見せかけた協力。神呪（アライズ）によるカードすり替えのためにだ」

パールの転移能力は二つ。

一つは既に数多く使われた瞬間転移(テレポート)だが、今回はもう一つの方——

位相交換(シフトチェンジ)。

過去三分以内にパールが触れた物と物、人と人を入れ替える。

たとえばだ。

太陽の軍神マアトマ2世による「太陽争奪リレー」で、パールはこう言っていた。


〝太陽の花を、位相交換(シフトチェンジ)で別の花と交換することが可能です!〟


これで確信した。

パールの神呪(アライズ)でこのイカサマを説明できると。

「監視という名目で、パールは神の手札を常に見ていた。あとは俺が神の手札から引いたカードが数字なら、それをババと交換すればいい」

たとえば最後の局面。

神の手札には5(左側)、ジョーカー(右側)と並んでいた。

フェイが5の数字を引こうと触れた瞬間に、パールは位相交換(シフトチェンジ)で5とジョーカーを交換する。

「これなら俺の仮定と合う。神のイカサマは俺の手札には干渉できない。干渉できるのは神自身の手札だけだってな」

そこまで推測が進めば後は簡単だ。

コインの裏表当てとポーカーも、イカサマをしていたのは神ではない。

進行役(ディーラー)だったネルとレーシェ。

ならば神がいつ「共謀」というイカサマを仕組んだか。それは――

〝人間(おれ)が見破れるイカサマなら勝負を受ける〟

〝ならばこうしましょう。私のイカサマをお前の仲間には先に教えておく。私のイカサマは――。具体的には――――〟

あの時だ。

イカサマを語るにしては異様に長い説明。あれが三人への作戦会議だったのだ。

フェイは、ネルとパールの神呪(アライズ)を知っている。

だから二人は「見破れる」と断言できたのだ。このイカサマが二人の神呪(アライズ)を用いたものならばきっとフェイは察してくれると。

『…………』

黒髪の美女は無言で頬杖(ほおづえ)をついている。

その神へ、フェイはさらに言葉を続けた。

「だけど恐れ入ったよ。よくよく考えたらアンタ、最初から自分のトリックをほのめかす説明もしてたんだな？」


〝ここは心を映す多相の遊戯場〟

〝多相神は、人間が神々の遊び場を訪れた時点で、その情報を解析する。肉体情報や精神、神呪まで完璧に走査する〟


神呪を走査する。ネルやパールの力は最初から知られていた。

ゆえにこのゲームが組み立てられたのだろう。

「コインの裏表当ては……これは俺の想像でしかないけど、あれも進行役だったネルの神呪で仕組んだんだろ？」

「申し訳ないフェイ殿！」

ネルが慌ててお辞儀。

「その……こんなインチキなどもっての外だが……そうだ。私がコインを蹴り返した時、回転を操作した……」

ネルの神呪は『モーメント反転』。

彼女が蹴った対象を、エネルギー・質量の大きさを問わず跳ね返す。

種明かしはこうだ。

進行役（ディーラー）のネルが、奇数回転で落下するようにコイントス。

たとえば空中で49回転して落下するコインを、『モーメント反転』により蹴り返すことでコインは98回転して落ちてくる。

奇数回転が偶数回転になり、結果、表で落ちるはずのコインが裏となる。

……もちろん尋常じゃない精度を要する。

……その精度に至るために、とてつもない時間の努力も要るはずだ。

が。

神に挑むプレイヤーがその努力を怠るわけがない。

とりわけネルは、神に敗れてなお再起（カムバック）を望む少女だ。神に挑む者がこれくらいの努力を惜しむわけがなく、この程度の芸当できないわけがない。

ただし——

「でもネルさ。このイカサマって、俺が表裏を的中させた場合しか使えないよな？　俺が間違えて裏を宣言してたらどうしてたんだ？」

「それは信頼していた」

ネルがふっと微苦笑し、コインを手にしてみせた。

表が白で裏が黒。回転中でも表裏が見えやすいようフェイ自身が選んだものだ。

「神々との頭脳戦で十勝を目指す男が、こんなコインフリップごとき見誤るわけがない。そう信じていた……その、申し訳ない……」

「いやお見事だったぜ。俺も初見じゃ全然気づかなかった。……ってわけでレーシェのは説明不要だろうし以下略(スキップ)」

「なんでぇっっ⁉」

元神さまの少女が目を丸くした。

自分の分の種明かしをウズウズと、今か今かと待ち望んでいたのだろうが。

「だってレーシェ、進行役(ディーラー)したポーカーってタネも何もないいんだろ？」

「当然よ！」

自らの胸に手をあてて勝ち誇るレーシェ。

「わたし程の熟練者となれば！　ポーカーで初手ストレートフラッシュを揃(そろ)えて配ることなんて目を瞑(つぶ)ったってできるわ！」

「まあ……そもそも俺がレーシェを見てなかったもんな」

これは完全に裏を掻(か)かれた。

神のイカサマという名の先入観から、ポーカーのカード配布時、フェイが監視していたのは賭け神(ブックメーカー)の一挙一動。

その横で、レーシェは悠々とカードを組み替えていたというわけだ。

「どうだ賭け神（ブックメーカー）？」

『いいえ。納得いかないわ』

ギョロリと。

無言を貫いていた黒髪の美女が、ここで始めて顔を上げた。

テーブル上に散らばったトランプを見下ろして。

『ゲームはお前の勝ち。でも奇妙ね。最後のババ抜き。イカサマのネタを見破ったとしてもお前が勝つことは不可能のはずよ？』

「ごもっとも」

パールの位相交換（シフトチェンジ）は止められない。

神が持っていたのは5とババ。ここからフェイが運良く5を選べたとしても、カードを引く直前に位相交換（シフトチェンジ）でババと入れ替えられる。

だがフェイは5を引いた。

これは位相交換（シフトチェンジ）が発動しなかったことを意味する。

『ルール違反ねぇ』

琥珀（こはく）色の瞳が睨（ね）めつけた先は、パール。

『お前が神呪（アライズ）の発動をサボったのね？』

「……違います」

『位相交換（シフトチェンジ）は発動しなかった。サボったのじゃなければ何だというのかしら？』

「それは――」

神に睨（にら）まれながら。

金髪の少女が最高にいたずらっぽい笑顔で微笑（ほほえ）んだ。

「発動できなかったんです」

『え？』

「あたしの位相交換（シフトチェンジ）が使えるのは、トランプを配ってから三分以内ですから」

『――――――っ！』

今度こそ。

今度こそ多相神グレモワールが、正真正銘、驚愕（きょうがく）に目をみひらいた。

ようやく気づいたのだ。

パールが位相交換（シフトチェンジ）できるのは、過去三分以内に触れていた物同士。フェイと賭け神（ブックメーカー）のババ抜きが、その時間制限を超えてしまっていたことに。

「もうわかったよな。一ゲーム目は何も問題なかったのに、なぜ二ゲーム目のババ抜きだけ三分を超えたのか」

『時間稼ぎっ!?』

「そう。俺がカードを引くタイミングでだ」

フェイが自分のターンで手を止めた。

神が握っていた二枚のカードを凝視し続けていたことが。

〝どうしたの？　そんな神の手札をじっと睨んで〟

虚偽(ブラフ)。

狙いはカード観察ではない。ゲーム開始から三分経過により、パールの位相交換(シフトチェンジ)を発動させないための遅延行為だったのだ。

『けれど、それでようやく五分と五分。お前が5を引けたのは単なる幸運――』

「じゃあないんだよ」

『？』

「アンタ、俺から引いたババの位置を変えなかったな。引いたカードを左端に差しこむ。だからババの位置は丸わかりだったんだよ」

『ツッツ！』

賭け神(ブックメーカー)の慢心。

ババ抜きでババを引いた者は、手札のどこにババがあるかを隠すのが定石だ。

神にはその必要がない。

フェイがババの位置を覚えたところで位相交換（シフトチェンジ）ですり替わるのだから、ババの位置を隠す必要がなかったのだ。

『一ゲーム目でそこまで看破し、二ゲーム目の布石としていたの？』

「ああ。位相交換（シフトチェンジ）を封じれば勝つ見込みがあるってね」

『……驚いた』

黒髪の美女がクスッと笑んだ。

参りましたとでも言わんばかりに、おどけた様子で肩をすくめてみせる。

『答え合わせも含めて十分に楽しい遊戯（ゲーム）だったわ。満足と評するに足りるほどに』

「なら良かった。それで」

『約束のご褒美ね』

黒髪の美女の姿をした賭け神（ブックメーカー）が立ち上がった。

フェイが見守るなか、靴音を響かせて一直線にネルの目の前まで歩いていく。

「え……え……？」

ぽかんとネルが瞬（まばた）き。

そんな彼女の左手首を掴（つか）むや、その掌（てのひら）へと艶（つや）やかな唇を近づけて――

「ひ、ひゃぁぁぁっ!?」

『はいお終(しま)い』

一秒未満の接吻(せっぷん)。

楽しがるように賭け神(ブックメーカー)が身を翻(ひるがえ)した時にはもう、ネルの掌に刻まれていた敗北「Ⅲ」の刻印は、跡形もなく消えていた。

「あ……」

自らの掌をまじまじと見つめて、ネルが全身を震わせた。

「こ、これで……これで再起(カムバック)できたのか……？」

ネル、三勝ゼロ敗。

使徒として再起(カムバック)。

「フェイ殿！　ありが――」

『ああそうだわ』

感極まるネルの声にかぶせるように、賭け神(ブックメーカー)がぽんと手を打った。

横顔をこちらに向けて。

『答え合わせがもう一つ残ってるわよねぇ』

「ん？」

『お前、私に向かってこう言ったわよね。すべて狙い通り。どう転んでも自分たちの勝ちで、その通りに終わったんだって』

確かにネルは再起（カムバック）できた。

だが三勝を賭けた戦いでネルが敗北したことで、フェイの掌にあった六勝の刻印は消え、三勝にまで落ちてしまった。

これは割に合わない。

事務長ミランダの言葉を借りるなら、「一勝は一敗の十倍重い」のだ。

フェイの三勝を失ってネルの三敗を帳消しにしたことは、結果的には大失敗。間違っても成功とは言いがたい。

なのに——

「なぜ俺があんな強気で宣言できたかって？　そりゃ見ればわかるだろ」

『？　何を見るのよ』

「パール、ネル、あとレーシェも」

訝（いぶか）しがる神の前で、フェイが呼びかけたのは仲間の少女たち三人だ。

「三人ともちょっと右手を出してくれ」

「はーい」

「へ？」

「こうかフェイ殿？」

三者三様で右手を突きだす少女たち。

その掌(てのひら)を一瞥(いちべつ)するや、賭け神(ブックメーカー)が大きく目をみひらいた。少女たちの手に刻まれていた刻印は「Ⅲ」。すなわち三勝という意味だ。

レーシェ3勝0敗：巨神(タイタン)、無限神(ウロボロス)、マアトマ2世を撃破
パール　3勝1敗：もともと1勝1敗から無限神(ウロボロス)、マアトマ2世を撃破
ネル　　3勝0敗：3敗が消えて0敗

そして最後に。

フェイは、自らの右手の掌を広げてみせた。そこに刻印された勝ち数「Ⅲ」――

「こういうことだよ」

フェイ3勝0敗：3勝0敗から巨神(タイタン)、無限神(ウロボロス)、マアトマ2世を撃破して6勝。
　　それから3勝分を失って現3勝。

全員の勝ち星が「3」で綺麗に並ぶ。

『まさか……』

「そう、俺が狙ってたのは『勝ち星調整』だ」

フェイ、レーシェ、パール、ネルの三人がすべて三勝で並び立つ。ネルの再起(カムバック)と並行して狙っていたのがこれだ。

「これで俺たちは、チームメイト全員が同時に十勝する舞台が整った」

ネルが賭け神(ブックメーカー)に勝てれば万々歳。

ネルが賭け神(ブックメーカー)に破れてしまっても勝ち星調整という目的は達成される。ネルが勝っても負けてもフェイが宣言した「どう転んでも勝利」という真意がこれだ。

自分たちに好都合な未来が起きるのだと。

「……そ、そんなことを⁉　なぜだフェイ殿⁉　そんな回り道……！」

ネルが声を振り絞る。

それも当然。彼女にとっては、なぜ自分(フェイ)が貴重な三勝を失ってまで勝ち星調整を狙ったのか理解できないのだろう。

パールもそう。あるいはレーシェさえも、だろう。

「フェイ殿の気持ちは痛いほどに嬉(うれ)しく思うが、この勝ち星調整だけは――」

「不思議に思わないか？」

「え？」

「なあネル。この『神々の遊び』って何百年って歴史があるなかで、どうして人類史上で達成者ゼロなんだと思う？」

訴えるまなざしのネルに、逆に問い返す。

「ミランダ事務長も言ってただろ。この何百年の歴史の中に当然すごい天才が何人もいた。ゲームの天才って呼ばれる神童たちがさ。そんな彼らも七勝、八勝が限界で敗北していった。九勝さえ達成されてない」

「……そ、それが何か？」

「それが個人プレイの限界なんだよ。無数の神々を相手にして一人の天才が到達しうる限界が、きっと八勝なんだ」

足りないのだ。

人類未到の九勝、十勝を目指すには天才一人では足りない。

神々の遊びは、神vsヒト多数で初めて成立する――

巨神（タイタン）、無限神（ウロボロス）、マアトマ2世もそう。

神がもたらす遊戯（ゲーム）は、天才一人では攻略できない。

神々は暗黙のうちに教えてくれていたのだ。一人の突出したプレイヤーで挑むべきではないのだと。

「そこに十勝までの突破条件も隠されているかもしれない。チーム全員が八勝や九勝した時に、何らかのご褒美とか変化があるとかな。だから、チーム全員同時に十勝を目指すことが、俺たちの歴(れつき)とした戦略だ」

「……そ、そう言われると」

「……あたしたちも納得しかないですぅ」

ぽかんと口を半開きにするネルとパール。

レーシェはもともとフェイが三勝を失ったことさえ「わたしは構わない派」だからか、何を今さらといった表情だが。

ちなみに——

「理由はもう一個あるんだけどな。『勝ち星調整』はゲーム対策になるし」

「む？」

「ふぇ？」

「ああいや、これは俺の独り言だから大したことないよ」

実はもう一つ。フェイが想定する「ある遊戯(ゲーム)」に向けた仕掛けでもあるのだが、それは実際に起こりうるのか不確定な未来の話だ。

『へぇ。本気なのねぇ』

賭け神(ブックメーカー)が面白がるようにその場で腕組み。

『神々の遊び。本気で十勝目指すんだ？　ま、やれるものならやってご覧なさい。三敗して再起(カムバック)したくなったら待ってるわ』

「そうならないよう頑張るさ」

『つれないわねぇ』

　黒髪の美女がふっと微笑。

『お戻りなさい。人間の一生で遊びきれる遊戯(ゲーム)なんて限られてるんだから。ここにいるのは時間が勿体(もったい)ないでしょう？』

　その一言を最後に——

　自分(フェイ)たちの周囲に淡い光が灯(とも)った。泡のような光に包みこまれ、直後には、フェイたち四人はこの神々の遊び場(エレメンツ)から追い出されていた。

　神々の遊び場(エレメンツ)『神々のカジノ』、

　人間たち四人が立ち去った遊戯場で。

『……あーあ。また暇ねぇ』

　多相神グレモワールは、何とも退屈そうなぼやきを口にした。

『次の人間がやってくるのはまた何十年か先かしら』

ピシッ

目の前の空間がひび割れたのは、その時だった。

霊的上位世界への侵入。

無理やりに霊的空間をねじ曲げて連結させて、そのくっついた空間を破壊して何者かが神々のカジノへとやってこようとしている予兆。

ピシリッ

罅が大きくなり、ガラスのように割れ砕けた。

ぽっかりと開いた黒い穴。ヒト一人が通過できるほどの大きさに空間の裂け目が生まれ、そこから現れたのは——

『あら?』

現れた神を見て、多相神グレモワールは思わず声を上げていた。

『これは珍しい。とても珍しいお客さんがやってきたじゃない』

『………』

ヒョイッとその場に着地したのは少女。

真っ白な雪のように輝く銀髪をした、雪のように白い肌をした少女だ。

まるで至高の芸術品のような、神々しいほどに愛らしい面立ち。その両目には紅玉のように爛々と力強い輝きが灯っている。

もしも。

もしもフェイがこの場に留まっていたら、目を疑っていただろう。

『ウロボロス・・・』

現れたその神の名を呼んで、賭け神は楽しげに笑った。

『何のご用かしら？　自分の世界に引きこもりがちなお前が来るなんて、いったいどんな気の変化でも？』

『――――』

ウロボロスと呼ばれた少女は答えない。

ただ無言で目の前のカジノテーブルへと歩いてきて、そして。

『今の人間はどこへ行った？』

たった一言、そう言った。

Chapter

Player.4 このゲームは現実帰還(リタイア)を許さない

1

神秘法院ルイン支部。

その男子寮三階にあるフェイの部屋で、いま、お祝い用のクラッカーが次々と高らかに鳴り響いていた。

「ネルさん再起(カムバック)おめでとうございますぅー！」

「……か、かたじけない」

「歓迎のゲームパーティーよ！」

「……ど、どうもレーシェ様まで。恐縮です」

クラッカーを鳴らす二人の少女に挟まれて、正座姿のネルがなんとも恥ずかしそうに顔を赤らめる。

ちなみに今の彼女はルイン支部の服装だ。

ネル本人の希望により、マル＝ラ支部での再起(カムバック)ではなくルイン支部へ転入。すなわちフエイのチームへの加入が実現した。

「さあ遊ぶわよ！」

ボードゲームを抱えてくるレーシェ。

「四人対戦こそがボードゲームの花であり真骨頂！　今わたしたちは、ついに四人という最高の人数条件を達成したわ！」

「ご飯もです！」

ジュースの缶を抱えてやってくるパール。

「ご飯は四人以上で食べることで一気にパーティー感が増しますよ！　今あたしたちは、ついにチーム単独でパーティーの開催が可能になったのです！」

「……そ、そうか。歓迎してもらえるのは嬉しいが」

一方のネルは、実は先ほどからキョロキョロとリビングを見回している。

フェイの部屋をしげしげと観察して。

「……私これでも男性の寮に入るのが初めてで」

じーっと。

ネルが特に熱いまなざしを送っているのが、リビングの隅に置かれた簡易ベッドだ。

「……年頃の少年の部屋を訪れたうら若き少女。青春まっただ中の二人が同じ部屋にいて何も起きないはずもなく……」

「？　どうしたんだネル？」

「い、いや何でもないぞフェイ殿！」

ハッと我に返ったネルが勢いよく首を横にふる。

と。その横で。

「思いつきましたぁっっ！」

パールが勢いよくソファーから立ち上がった。

「この歓迎会に何かが足りないと思っていたのです！　はいフェイさん、お祝い会に欠かせないものを三文字で！」

「ゲーム」

「ケーキです！」

パールがテーブルに載っけたのは買い物用ビニール袋。そこには卵、薄力粉、バター、それに苺などなど。

おそらくショートケーキの材料だろう。

「美味しくて見た目も綺麗で華やかで！　このお祝いの会にも間違いなく必要でしょう。フェイさん、台所をお借りしてもいいですか？」

「え？　パールが作るのか？」

「お任せくださいです！」

胸に手をあてて、パールが自信満々に頷いた。

「三人で遊んでいて下さい。あたしが極上のショートケーキをご用意しますよ」

「いいのか？　悪いなパール、気を遣ってもらって」

「えへへー。良いのですよ」

パールが恥ずかしそうに照れ笑い。

「フェイさんに喜んでもらえるならあたしも嬉しいです」

「っ！」

「っ！」

その瞬間。

にこやかに会話を聞いていたネルとレーシェが、ぎらりと目を輝かせた。

「では早速あたしは台所に――」

「お待ちなさい」

レーシェが、身をひるがえしたパールの首根っこを掴み上げた。

子猫でも捕まえるような捕らえ方で。

「ねえパール。いま思いだしたフリして、しっかり材料まで買い揃えてるあたり、ずいぶん用意周到ねぇ」

「っっっ！　な、なんのことですかレーシェさん！」

「おやおや声が震えているぞパール」

「っっっ！　ネルさんまで!?」

後方のレーシェ。前方のネル。

どちらも穏やかな笑顔なのだが、見ているフェイの背筋がなぜか冷たくなっていく。

「パール、あなた、抜け駆けしようとしてるわね」

「ぎくぅっ!?」

パールの表情が引き攣った。

「な、何のことですかレーシェさん！　あたしはネルさんを快く迎えようという歓迎の気持ちでケーキを作ろうと――」

「虚偽」

金髪を振り乱す少女の前に、黒髪の少女が立ちはだかった。

「私の歓迎と見せかけて、真にケーキを振る舞いたい相手は別にいると見た」

「ぎくぅっ!?……う、ううぅ……」

パールがごにょごにょと口ごもる。

とはいえ前後を挟まれて観念したらしく、がっくりと肩を落としたのだった。

「……わかりました。ここは三人で協力プレイを提案します」

「すばらしいわ」

「うむ心得た」

頷きあう三人の少女たち。

ちなみに、蚊帳の外だったフェイにはまだ状況が掴めていないのだが。

「なあ？　俺は手伝わ――」

「フェイはそこで待っていて」

「これは女子同盟の仕事です」

「その通りだ。三人で力を合わせてケーキを完成させたいと思う」

「……そ、そうなんだ？」

台所に向かう少女たち。

ぽつんとリビングに残されたフェイが、そっと聞き耳を立てていると――

「しまった!?」

パリンッ
三人が台所に入って開始五秒で、何かが割れた。

「……こ、ここがフェイ殿の調理場と思ってよそ見をしていたらつい……皿が割れた！」

「あー平気よ平気」

続いて暢気なレーシェの声が。

「わたしも前にお皿落としたことあったけど、フェイ気づかなかったわよ」

気づいてる。

気づいたが叱らなかっただけである。

「はいはーい！　楽しいケーキ作りの始まりですよ！」

そして何ともマイペースなパールの声。

「まず重大報告です。先ほどフェイさんの手前ではショートケーキを材料から作ると格好付けましたが、生地を焼くところから始めたらとても時間がかかります。なのでケーキの生地をこっそり買ってきました！」

「そりゃ重大だな!?」

「さらに生クリームも、既に泡立ててある市販のホイップクリームでお手軽に！」

「あの買い物袋は何だったんだよ!?」

思わずリビングから突っ込むが、台所の少女三人には届かない。

「さっそくケーキ作りですよ！　ここに焼きたてのケーキの生地（市販）を用意して、ホイップクリームを塗っていきましょう」

「ねえパール、こっちの苺はまだ使わないの？」

「苺はクリームを塗った後に、ってレーシェさん後ろから押さな――――ひゃあっ!?」

誰かが転んだような物音。

続いてパールの悲鳴がリビングまで伝わってきた。

「あああああっ、転んだせいであたしが生クリームまみれにぃ!?　あぁもう……頭までクリームでベタベタですぅ……」

「っ！　この光景はまさか!?」

ネルの叫び声が轟いた。

「『あたしが本命のケーキです』と、その格好でフェイ殿に迫る気だなパール！」

「誤解ですぅ!?」

「そういうことだったのね！　『あたしのほっぺの生クリーム、味見してください』と、なんて破廉恥な作戦なの！」

そんな白熱した少女たちのやり取りから、目を背けて。

「……俺、ホイップクリーム買い直してくるか」

フェイは自分の部屋を出て行ったのだった。

一時間後。

フェイの前に、ようやく完成したばかりのケーキが運ばれてきた。

「どうして生地にバナナ（皮付き）が丸ごと刺さってるのかとか、誕生日でもないのに『Happy birthday』ってチョコで書かれてるとか、砂糖菓子のサンタが季節外れに飾ってあるとかツッコミどころ多様だなぁ……」

「お祝いらしく派手に飾り付けたのよ！」

両手にバナナを握りしめたまま台所からやってくるレーシェ。

生地（スポンジ）にバナナを刺したのは、この元神さまらしい。

「ネルさん、お願いします」

「うむ。包丁なら任せておけ！」

ケーキナイフを手にしたネルが、手慣れた様子でケーキをカットしていく。

と思いきや。

「……あ」

ナイフの刃がケーキに触れるか触れないかの寸前で、ネルが手を止めた。

「フェイ殿、一応聞くがケーキカットは四等分で構わないな？」

「というと？」

「今ここにいるのは四人だが、たとえば私が知らないだけでゲーム解析班（アナリスト）や指南役（コーチ）、アドバイザーはいないのか？」

「あー……それがまだ全然」

理由は二つ。

フェイ自身が「ゲーム好き」なメンバーを厳選したい意思があること。

……もう一つはレーシェなんだよな。

……ルイン支部だと「可愛いけど怒らせると怖い」元神さまで通ってるし。

パールとネルは例外だ。

どちらも自分が手を差し伸べたかたちでメンバーになったが、そういった事情がない限り、積極的にレーシェに近づきたがる使徒はそう多くはない。

「ふむ……」

ネルがそのまま思案の表情で。

「実はいつ聞こうか迷っていたのだが、フェイ殿、私たちのチーム名は？」

「それあたしも気になってました！」

パールが勢いよく手を挙げた。

「強いチームだからこそ格好いいチーム名が大事です！　たしかフェイさんも考え中って言ってましたよね。思いつきましたか？」

「……それなぁ」

パールに顔を近づけられて、フェイは後ろ頭を掻いてみせた。

白状しよう——自分は名前を考えるのが苦手だ。というより生まれてこの方、何かに名前をつけたことがない。

……俺の名前は当然に親からで。

……「神の寵愛を授かりし」なんて壮大なのも、ミランダ事務長に任せたやつだし。

未経験ゆえ苦手。

チーム名。それはネルから訊(たず)ねられるまで、フェイの中で「ま、先送りでいいか……」と逃げに逃げていたものである。

「先送りで……」

「ダメです！　いい加減決めないと、登録名が空っぽ(ブランク)だと事務方も困るんだよってミランダ事務長も言ってたじゃないですか！」

パールにすぐさま牽制(けんせい)された。

とはいえ、こればかりはフェイも反論のしようがない。

「この際みんなで考えてみるか。レーシェは？　チーム名、何か要望あれば」

「強そうなのがいいわ。みるからに最強なの！」

「次はパール」

「可愛いのがいいですぅ。愛嬌(あいきょう)と親しみやすさは大事ですよね」

「最後にネル」

「やはり誠実さに勝るものはない。品格があり、響きが詩的であればなお良しだ」

「ばっらばらじゃないか!?」

見事に意見が割れた。

ちなみに自分(フェイ)は、簡潔で覚えやすいチーム名であれば何でも大丈夫派だ。

「俺が最初に入ってたチームは解散済みだし、ソレを参考に……いや、ミランダ事務長に手抜きだって釘（くぎ）を刺されるか。いっそ事務長に考えてもらいたいけど」

――仕事を増やさないでくれないかな。

そんな不満が返ってくるのが火を見るより明らかだが、チーム内でここまで割れているなら第三者の意見を仰いだ方が手っ取り早い。

三十分後。

ケーキを食べ終えたフェイたちは、神秘法院ビルの九階へ。

つまりミランダ事務長の部屋にやってきたのだが。

「……あれ？」

その部屋の前で、フェイは我が目を疑った。

珍しくも扉のボードが「会議中」になっている。ミランダ事務長と誰かが話し合っているらしく、立ち入り禁止である。

「ねえねえミランダ――――っ！」

とはいえ元神（レーシェ）さまが、そんな人間の事情を気にするわけがない。

扉を気にせずノックして。

「会議なんて後回しで、わたしたちのチーム名を考えてよ！　ねえミランダってば。あと五秒以内にドアを開けないと執務室に溶岩を流し込むわよー」

「怖っ⁉」

待つこと数秒。

そんなレーシェの脅迫が聞こえたのか、物々しい足音が扉の方へとやってきた。

「ああもうっ！　どんだけ大事件なのかねっ！」

「ねえミラン――」

「副長、すぐに世界中の支部に確認とって！　大至急！　いったい何人が巻きこまれたか確認を。それと本部に応援要請！」

「はい？」

レーシェが目をぱちくりと瞬き。

目に入っていない。

煌めくような炎燈色の髪という、百メートル先にいても目立つレーシェが立っているのに、事務長はまるで気づかず素通りしていく。

「おーいミランダ事務長？　もしや賭け神で俺が三勝減らしたことまだ怒ってます？　あれはちゃんと事情を話したし、土下座で五時間も謝ったじゃないですか」

「巨神像へのダイヴも今すぐ止めて！　これ・以・上・の・犠・牲・を・出・し・ちゃ・ま・ず・い・ん・だ・か・ら！」

自分(フェイ)の声も聞こえていない。

賭け神(ブックメーカー)との遊戯(ゲーム)で無茶(むちゃ)をしたことで機嫌が悪いのかと思ったが、事務長の怒鳴り声を聞くかぎり様子が違う。

「っ？　おっとフェイ君？」

ようやく振り返る。

しかしこちらを見るなり、事務長は再び背を向けてしまった。

「申し訳ない！　また後で。さあ行くよ副長！」

そして廊下を全力疾走。

フェイたちを後目(しりめ)に、事務長はあっという間に通路の奥へ走り過ぎていってしまった。

「……あまりに急いでて部屋の鍵かけてないじゃん」

執務室の扉も開きっぱなし。

普段マイペースな事務長がここまで慌てふためく姿は、フェイも初めて見た。

「まあいいわ。中で待ってましょ」

「え？　ちょ、ちょっとレーシェさん!?　勝手に部屋に入っちゃって……」

「怒られたら出ればいいのよ」

開けっぱなしの扉から堂々と部屋に入っていくレーシェ。

それにフェイも続いて——

事務長の机にあるモニターに、ふと目がいった。

「ん？」

本来は褒められたことではない。

だがこの異様な状況下で、モニターに映る文字列を思わず目で追ってしまった。

「……何だこれ？」

【緊急案件】

世界規模での帰還困難者の同時発生。

およそ五十七時間前より。世界各地の巨神像にダイヴした使徒二百九人が同一の「神々の遊び」に召集されたことを確認。

以後、通信停止。

帰還者ゼロ。

「え……な、何ですかこれ!?」

「ゲーム開始から五十七時間が経過して、二百人以上の使徒が誰一人として戻ってきていない？……ずいぶんと不気味だな」

モニターの文面を覗きこむ、パールとネル。

神々の遊びでは、遊戯(ゲーム)での勝利か敗北か。あるいは遊戯(ゲーム)が続いていてもゲーム中に脱落することで、すぐさま人間世界に戻される。

なのに誰一人として帰還していない。人間世界との通信も途絶えた。

「これってつまり……」

青ざめた顔でパールが息を呑(の)む。

そう。

これは、本来あってはならないはずの遊戯(ゲーム)の可能性を示唆している。

現実帰還不可能のゲーム。

前代未聞だ。

フェイも聞いたことがない。

……神々の遊びは百時間以上かかるのも珍しくない。

……それにしたって、ゲーム中に脱落したプレイヤーは順次帰ってくるのが普通だ。

特殊な遊戯(ゲーム)が長引いている？

その線も捨てきれないが、通信停止という情報も気がかりだ。

ダイヴ時には神眼レンズという機器を持ちこみ、神々の遊び場(エレメンツ)の様子がこちらで上映されているはずなのに。

「五十七時間前って、わたしたちが賭け神（ブックメーカー）の遊びから帰ってきた頃？　入れ違いね」

レーシェも画面を覗（のぞ）きこむ。

「ねえフェイ。ミランダが大慌てなのってこれが原因？」

「……十中八九な」

レーシェの隣で、フェイは、画面をさらに下へとスクロールした。

追加情報──

世界各地の神秘法院でダイヴ禁止。さらに帰還困難者が増えることを危惧し、神秘法院本部が決定したらしい。

「これを読むかぎり……世界中でダイヴした使徒が一つのゲームに集められたって感じだな。発端は五十七時間前で、今もその現象が続いてる」

「超危険じゃないですか!?」

モニターを凝視したまま、パール。

「だって……何も知らずに神々の遊びに挑もうとした人たちまで、迂闊（うかつ）にダイヴしたら、そのヤバいゲームに強制参加させられて帰って来れなくなっちゃうんですよね!?」

「だからミランダ事務長も焦（あせ）ってるんだろ」

尋常ではない慌て方だった。

事実、このモニターにある緊急案件は、それだけの深刻さを帯びている。

一方で――

「んー」

レーシェだけは、何やら不審げに首を傾(かし)げていた。

「変ねぇ。元神さまの立場で言わせてもらうと、すごく不思議だわ」

「っていうと?」

「だってこれ、世界中にある巨神像が共通のゲームに繋(つな)がってた――つまりは一つの同じ神々の遊び場(エレメンツ)に呼ばれたってことでしょ。人間と遊びたい神さまは沢山いるし、巨神像を通って人間がやってきたら使徒(プレイヤー)の取り合いが起きるもん」

「……独占が起きたってことか?」

「人間を独り占めしてる神がいるってことになるわ。どういう理屈か知らないけど」

使徒(プレイヤー)二百人以上を強制参加させて、さらに現実帰還も許さない。

……人間を罠(わな)にはめたようなやり口。

……ずいぶんとタチの悪い神がいるもんだな。どんな奴(やつ)だ?

モニターを最下部までスクロールしても、神についての記載はない。

その矢先。

ピコンと小さなウィンドウが浮かび上がった。

「電子文？　ああミランダ事務長の端末だもんな。事務長あてのメール……ってことは、この案件に関する急ぎの連絡か？」

「じゃあ見ちゃいましょ！」

「え？　ちょ、ちょっとレーシェさん!?　いくら何でも電子文の覗き見までは──」

「おっと手が滑ったわ！」

電子文が開封──

そこに記された内容は、要約するならばたった一言で説明できるものだった。


──救援チーム、派遣決定。


「まあそうなるか」

フェイが本部関係者でも同じ決定をするだろう。

「現実帰還できない連中がいて、その救出。たとえるなら……登山の遭難者が大量に出たから、その山に向かうレスキュー隊って感じかな？」

「楽しそうね！」

レーシェが目を輝かせて。

「わたし興味あるなー。二百人以上が五十時間……のべ一万時間かけてもクリアできないゲームなんでしょ。いったいどんな遊びかしら！」

「ひあっ⁉」

その言葉に、パールが怯（おび）えたようにのけぞった。

「ま、待ってください！　これ救援チームがこの遊戯（ゲーム）に参加するってことですよね。誰も帰還できてないゲームで、救援チームまで戻ってこれなくなるんじゃ……」

「ミイラ取りがミイラになるわ」

「超ヤバいじゃないですか⁉」

「――超ヤバいんだよ！」

バタンッ、と。

執務室の扉が勢いよく開いたのはその時だった。

「たったいま会議が終わったところさ！」

「ミランダ事務長⁉　あ、ち、違うのです！　部屋に勝手に入ったのは――」

「パール君、この事件に興味があるんだね？」

事務長の目が怪しく輝いて。

「救援チームについて話していたね。そうか救援チームに参加したいと！」

「い、いえ首を突っ込む気はまったく……」

「ならば説明しよう！」

「ミイラ取りになるのは嫌ぁぁぁぁっっっっ⁉」

ミランダ事務長による説明（強制）。

「この事件で行われているゲームは『迷路』だよ」

誰もが知っている遊びだろう。

ノートに自作の迷路を落書きした子供時代や、遊園地での迷路脱出ゲームは大人にも親しまれているアトラクションだ。

「ただとてつもなくデカい。迷宮（ラビリンス）と喩（たと）えた方が近いかもしれないね。ダイヴした使徒は神眼レンズを持ってるから、ゲーム当初は様子も把握できていたし、何なら途中までの数時間は世界的に生放送（ストリーム）もされてたんだよ」

把握できていた――

それが過去形で表現されるということは、現在は出来ていないという意味でもある。

「罠（わな）とモンスターが、ね……」

ミランダ事務長が溜息（ためいき）。

「迷宮（ラビリンス）のそこら中に極悪な罠が仕掛けられててさ。その罠に引っかかった時に神眼レンズが破壊されちゃったみたい」

「……あれ？　でも事務長さん？　罠に引っかかった使徒は敗北ですよね？」

「うん」

「敗北したら現実世界に戻ってきますよね。普通は」

「ゲームシステムが凶悪なんだよ」

コトッ、と事務長が机に転がしたのは小さな撮影機器。

神眼レンズの予備である。

「これはレンズからの断片的な情報だけど。どうやらこのゲーム何・度・で・も・再・挑・戦・で・き・る・っ・ぽ・い・ん・だ・よ・ね・」

「……へ？」

「罠(わな)でもモンスターでも、とにかく迷宮(ラビリンス)で何度死んでもいい。そのたびに初期スタート地点で再開始(リスポーン)するってわけ」

「ん？　待ってくれ事務長」

話に集中していたネルが、表情をしかめた。

「そのシステム、人間側にとって勝ち確定では？　罠にかかろうとモンスターに敗北しようとやり直しができるのだろう？　いつかは必ず迷宮を脱出できる」

「そうだよネル君。楽観的に捉えればそうなんだけど……」

ミランダ事務長が苦笑い。

「この再開始(リスポーン)って権利じゃなくて義務なんだよね」

すなわち――

超絶難易度ゲームをクリアするまで現実に逃れられない。

「考えてご覧よ。この迷宮（ラビリンス）は無限やり直しが前提の難易度で作られている。最初の数回は楽しいかもしれないけど、二十回、三十回と続けば徐々に飽きてくる。さらに続けば、飽きはやがて苦痛に変わり、苦痛は恐怖に変わっていく」

何百回やり直してもゴールできない。

その間も、人間世界では時が流れていく。

神々の遊び場（エレメンツ）で過ごすうちに、人間世界では何週間、何か月と時間が過ぎていくのだ。

そのまま神の迷宮（ラビリンス）に一生閉じこめられて……

「超ヤバいじゃないですか!?」

「だから超ヤバいって言ったじゃないか」

二度目の悲鳴を上げるパール。

それに応じるミランダ事務長も、今回ばかりはさすがに苦々しい口ぶりだ。

「要するに、とんでもない難易度の迷路ゲームでまだ誰も脱出できてない……今、世界中で急遽（きゅうきょ）ダイヴを止めてるよ。これ以上に帰還困難者を増やすわけにはいかないからね。その一方で――」

「帰還者の救出チームを検討してると？」

「ネル君正解。っていうか私宛のメールにもそう書いてあったでしょ」

覗き見はバレていたらしい。

事務長も、それを気にする素振りはさらさら無いが。

「ちなみに救出の目的は二つね」

①この遊戯をクリアすること。（攻略法の解明）
②迷宮内にあるセーブアイテムを見つけること（セーブして現実に帰還できる）

「①はもちろん、②のセーブアイテムは迷宮にいた端子精霊の発言だから本当だろうね。とはいえ誰も見つけられてないんだけど」

「はい！　わたし思いつ――」

「ダメです」

「なんでぇ!?」

神速の否定。

レーシェが言いきるのを許さない即断だ。

「わたしまだ何も言ってないわ！」

「そのゲームに突入したいと言うおつもりでしょう？」

ミランダ事務長が、これで何度目かの溜息。

「さっきはノリでパール君にああ言いましたが、これは世界規模で起きている問題です。元締めが動く案件ですよ」

「元締めって？」

「神秘法院の本部です」

ミランダ事務長がモニターを見やる。

先ほど届いたメールの送り主は、『神秘法院本部・統括部局』。

「本部が救援チームの結成を決めました。各支部からも人員を出す予定ですが、大がかりな救援チームを派遣し、もしもそのチームまで帰還困難になれば……」

世界中から非難が集まるだろう。

多くの帰還困難者を出した失態は、神秘法院という組織を根本から揺るがしかねない。

「救援メンバーは、本部の審査を経て決定されます。それまで支部は待機ですね。本部から声がかからない限り、たとえレーシェ様といえど参加は許されません」

「推薦が来ればいいのね！」

「そうです。が、本部も厳格かつ公正に審査すると言っていて――」

ピロン、と。

自分の通信機にメッセージが届いたのは、その矢先だった。

メッセージの送信元は『神秘法院本部・統括部局』。

「来ましたよ事務長。要請が」

「ってちょっとおおおおおおおおおおっっっっ⁉」

「やったわ！」

「……うあぁ」

「なるほど。望むところだ！」

頭を抱えるミランダ事務長。

両手を叩いてはしゃぐレーシェ。

げっ、と顔をしかめるパール。

武者震いを隠そうともせず意気込むネル。

そんな四人の反応を見渡して、フェイは通信機の文面を読み上げた。

「ええと……へえ、推薦された者はさっそく明日に緊急ビデオ会議で集合か。どんな顔ぶれが集まるのか楽しみだな」

2

現・実・帰・還・不・可・能・の・ゲ・ー・ム。

ダイヴ禁止令――

本部の決定により、世界各地の神秘法院は前代未聞の状況に陥った。

帰還困難者、二百九人。

ゲーム経過時間は七十時間超。つまりは丸三日間に迫りつつある。

「フェイ君さ、一応聞くけど一晩経(た)っても心境に変化なし？　本気で参加する？」

「もちろん」

コツッ。

硬い足音を響かせて、フェイは、隣を歩くミランダ事務長に頷(うなず)いた。

「普段はゲームに参加してから考えるのが好きだけど、今回は事態が事態なんで、俺も前もって準備してきましたから」

「準備って？」

「もちろん攻略のですよ。一夜漬けだけど予想と対策はいくつか練ってきたので」

会議室。

フェイの前には、三十人以上が座ることのできる大円卓が用意されていた。

ただし席は無人。

用意されているのはビデオ会議用のモニターだけだ。

「会議まであと十八分。まだ時間あるけど、もうビデオ会議に参加する？」

「お願いします」

会議参加者、つまり救援チームとなる面々だ。

その顔ぶれは一分でも早く見ておきたいし、特徴も把握しておきたい。

——ジッ。

目の前のモニターに、十八分割された会議画面が映しだされた。

全世界、十七の支部と本部を足して十八。その分割画面で、いま顔と名前が映っているのはフェイを含めて九人。

……俺を含めて十の支部がもう集まってる。

……本部はまだみたいだな。

沈黙。

あまりに静かすぎてビデオ会議の音声が音無し(ミュート)になっているのかと疑いたくなるほど、ビデオ会議は冷たい静寂に包まれていた。

誰もが各支部のエース級。

フェイも名前や顔を聞いたことがあるほどに、他の都市にまで名声が広がっている若き才あるプレイヤーたち。

そんな彼らが張りつめている。

フェイが新たに会議に参加したというのに、誰一人として挨拶どころか目を合わせようとせず、じっと思案に暮れているのだ。

……当然か。これは救援チームまで帰還困難者になるかもしれないゲーム。

……これくらい緊張感を持ってくれる方がいい。

が。

そんなフェイの内心の声を吹き飛ばすように、騒がしい気配。

マル＝ラ支部。

ビデオ会議に、そう表記された参加者が飛びこんできた。

『待たせたなお前たち！』

響きわたる力強い声。

鈍色(にびいろ)の銀髪に、意思の強さを感じさせる鋭い眉目の青年。そんな青年に――

フェイはよく見覚えがあった。

「あれダークス？」

『フェイよ！　やはり俺たちは遊戯(ゲーム)という名の運命に導かれたようだな』

ダークス・ギア・シミター

フェイより一年早く神秘法院に加入し、新入り(ルーキー)として史上最速で自分のチームを結成した男だ。

神々の遊び、現在三勝一敗。

その凜々(りり)しい風貌と強気なゲームプレイにより、遊戯(ゲーム)の貴公子(プリンス)とも呼ばれるカリスマを備えたマル＝ラ支部の筆頭使徒である。

『この俺が、フェイの唯一最強のライバル・ダークスだ！』

「いや人前で言われるのさすがに恥ずかし……まあいいや。顔なじみがいて助かったよ。お前も参加するんだな」

『しない』

「おいっ⁉」

『……うちのダークスがすみません』

彼(ダークス)の横から、褐色の少女が現れた。

日焼けした肌に淡い青髪がよく映える、涼やかな少女――ケルリッチ・シー。

先の親善試合(プライドマッチ)『Mind Arena』ではダークスの相方(パートナー)だった。そんな彼女がやや恥ずかしそうに顔を赤らめながら。

『私たちは別件のため参加しません。ただ、あなたが参加すると聞いて顔だけ出したいとダークスがワガママを……』

『うむ』

まったく悪びれずに頷(うなず)く本人(ダークス)。

『フェイよ！　ネルが復帰した件は聞いている』

「お？　そうなんだよ。さすが情報が早いな」

ただし賭け神（ブックメーカー）との戦いで自分（フェイ）が三勝を失って三勝〇敗になったことまでは、さすがのダークスも知るよしもあるまい。

……周りに影響が大きすぎるみたいだし。

……公式発表はまだタイミングを窺（うかが）うって、ミランダ事務長の話だしな。

世界は、まだ自分（フェイ）が六勝〇敗だと思っている。

もっとも。

そんな秘密を聞かされたところで、ダークスが動じる姿は自分（フェイ）も想像できないが。

『ネルは優秀な使徒だ。必ずやお前の戦力になるだろう。ゆえにフェイ、お前のさらなるゲームプレイに期待している！』

「……まあ程々に頑張るよ」

『では会議を始める！』

「なんで参加しないのに仕切るんだよ!?」

意気揚々と取り仕切ろうとする部外者（ダークス）。

そんな彼の手首を掴（つか）んで、相方（パートナー）のケルリッチが問答無用で連れて行った。

『行きますよダークス。お邪魔しました皆さん、どうかご健闘を』

「……相変わらずマイペースだなぁ」

『ええ。まったく困っちゃうわ』

画面外に消えていくダークス&ケルリッチ。

そんな二人と入れ替わりで、見覚えある女使徒が画面に入ってきた。

『久しぶりねフェイ』

「あ……お久しぶりです。カミィラさんでしたっけ」

『覚えていてもらって光栄ね』

ウェーブのかかった茶髪の女性が、微苦笑。

年齢は二十代前半だろう。眼鏡をかけた知的なまなざしで、大人びた長身が印象的だ。

──カミィラ・ヴェルベット。

マル＝ラ支部『大天使』のチームリーダーで、太陽神との遊戯『太陽争奪リレー』で共闘した仲だ。

『……率直に、あなたがいてほっとしたわ』

カミィラが眼鏡のブリッジを押し上げて。

『神々の遊びで救援チームなんて前代未聞よ。何もかも初めての事だから本部も焦ってる。私や仲間もそうよ。選ばれたことで逆にゾッとしてるわ』

「自分たちまで帰還不可能になる？」

『ええ。昨晩そのリスクの説明をされて超悩んだわ。おかげで夜しか眠れなかった』

「寝てるじゃん」

『安眠度がだだ下がりよ。とにかく頼れる仲間がいて助かったわ。それに――』

カミィラが口をつぐんだ。

周りは無言。

ビデオ会議に集まりつつある十人以上もの顔ぶれで、喋っているのは自分とカミィラの二人だけ。顔見知りの相手を見つけて彼女も安堵したのだろう。

……他の都市とも交流が無いわけじゃないけど。

……俺とカミィラみたいに最近一緒にゲームした仲は、さすがに稀か。

大事なのは誰かが口火を切ること。

しょうがない。

閉塞した空気のなか、ビデオに向かってフェイは顔を近づけて。

「あの皆さん初めましてまして。俺はルイン支部のフェイ。帰還困難者が出たゲームの救援で、要請を受けて参加しました。どうぞよろしく」

『フェイ・テオ・フィルス君だろ？』

陰鬱な空気を吹き飛ばすような、朗らかな声。

そう言葉を発したのは大人びた金髪の青年だった。

『昨年の最高新入り。神々の遊びで無敗の六勝〇敗は圧巻だよ。さっきいたダークスとの戦いも観戦させてもらったし。最高に派手なショーだった』

「……それはどうも」

『僕はエズレイズ。海洋都市フィッシャーラの代表だ。いやぁ悪いね、誰がこの場で切り出すか僕も迷ってたんだけど。ほら、僕ってば引っ込み思案だからさ』

そうは見えない。

一言でいえば芸能人然とした雰囲気だ。明るく朗らかな声と面立ちに、柔和な笑顔がモニター越しにも伝わってくる。

『で、僕の隣のモニターが――』

『初めまして。東亜都市ポル＝アの那由他よ』

陽気に、軽く手をあげたのはくすんだ赤毛の女性だ。

着物と呼ばれる異国風にアレンジされた儀礼衣を着た彼女が、いたずらっぽく片目をつむってみせる。

『私もあなたのゲームはすべてチェックさせてもらってるわ。あの世界三大不可能の一つ、無限神を撃破したお手並み、今回も期待していいかしら？』

「……頑張ります」

『鋼壁都市カッシンより、ラニオスだ。よろしく頼む』

厳（いか）めしい表情で口をつぐんでいた大男が、動いた。

その押し黙っていた雰囲気からは想像できないほど柔らかい口ぶりで。

『本来ならW　G　T（ワールドゲームズツアー）、あるいはW　G　G（ワールドゲームズグランプリ）でしか会う機会もない面々だが……遊戯（ゲーム）とは一期一会。この前代未聞の大事件、共に攻略の知識を分かち合いたいものだな』

「どうも。俺も異存ないです」

頷（うなず）きながら、フェイは内心ほっと胸をなで下ろしていた。

話が通じる。

目的はゲーム攻略にあらず。現実帰還の方法を見つけること。

自らが帰還困難のリスクを負う局面。全員が出し惜しみなく知恵と技術とアイディアを共有する重要性を、誰もが自（おの）ずと理解している。

……頑固や偏屈なやつが一人もいない。

……さすが本部に選ばれた救援チーム候補たちだ。頭が柔らかいな。

ゆっくりと会議の場が熱を帯びてくる。

二十人近い顔ぶれが順に名と所属を共有しあっていって。

『ふふ、遂（つい）に来たわね』

眼鏡（めがね）のブリッジを押し上げて、カミィラが勢いよく立ち上がった。

『初めまして皆さん！　聖泉都市の代表カミィラよ。どうか私の名を覚――』

『静粛に』

『何でよっ!?……あっ！』

思わずそう言い返したカミィラが、慌てて自分の口をつぐんだ。

――神秘法院本部。

金色の刺繍入りの儀礼衣を着た男が、カメラ映像に姿を現していたからだ。

『盛り上がっているところすまないが定刻だ』

落ちついた口ぶりで続けるのは二十代前半の男。

短く切りそろえた褐色の髪に、怜悧で鋭い眼光。一流のスポーツ競技者然とした逞しさも兼ね備えている。

知的なゲームプレイを得意とする――一目でそう感じられる立ち居振る舞いだ。事実、本部の一員であるからにはゲームの腕前も相当だろう。

ただし。

その服色は黒ではない。

〝金色の刺繍は、神秘法院本部だけの特権なのです〟

〝黒の儀礼衣はいわば『その支部の最優秀チーム』〟

金色の刺繍は、本部チームは全員該当する。

その本部の最優秀にあたるチームは、たとえばマル＝ラ筆頭のダークスが着ているように、黒地の儀礼衣を与えられているはず。

だがこの男の服は白地。

本部所属だとしても、最優秀チームの一員ではないということだ。すなわち——

〝フェイ。俺のチームに来い〟

〝俺は世界中から有力な新入り(ルーキー)を集めている。本部がほこる最強チーム『すべての魂の集いし聖座(マインド・オーヴァー・マター)』を超えるために〟

世界最強チーム『すべての魂の集いし聖座(マインド・オーヴァー・マター)』。

あのダークスが打倒を決するほどのチームだ。自分(フェイ)としても少なからず興味があったし、この会議に現れると期待していたのだが。

……不参戦なのか？

……前代未聞の事件だし、最強チームが当然来るかと思ったけど。

小さな違和感。

それをフェイが口にするか迷った数秒間で。

『俺はキルヒエッジ。今回の件で、本部から話を受けた。この会議でひとまず司会進行と説明役をさせてもらう。と言っても――』

　彼が取りだしたのは薄紙一枚。

『読み上げるのはこの一枚の情報量しかない。今回のゲームについてだ』

VS『???（神）』。

迷宮脱出ゲーム。

【勝利条件】迷宮の最奥にいるラスボスを撃破すること。（端子精霊より説明あり）

【敗北条件】なし。（と思われる）

【補足ルール】再開始による無限リトライ制のため敗北条件なし。（と思われる）

【補足ルール】現実帰還のセーブアイテムあり。（端子精霊より説明あり）

　敗北条件がない。

　これがもっとも凶悪な特徴だ。

再開始により敗北扱いにならず、結果として人間世界に帰れない。

『総勢二百九人の仲間が閉じこめられている。神眼レンズからの映像は途切れているが、ゲームシステム上はまず全員無事だろう。無事というのはゲームを続けているという意味でしかないが』

　本部のキルヒエッジが指を二本伸ばしてみせて。

『俺たちの目的は、①帰還困難者と共にゲーム攻略、②あるいは脱出。このどちらかを達成すること。現実的には②だな。セーブアイテムの取得がラスボス撃破より後になるわけがない』

『わからないわよ。セーブアイテムの取得個数が限られてるとか』

　机に頬杖（ほおづえ）をつきながら、東亜都市の那由他（ナユタ）が空を見上げる。

『帰還困難者は二百九人。だけどセーブアイテムが九十九個までしか取得できなかった時、誰が帰還するのかで揉（も）めそうよね？　半数以上が犠牲（おきざり）になっちゃうわよ？』

『そのための俺たちだ』

　キルヒエッジが、手にした紙を裏返した。

　何も印刷されていない白紙の紙。

『セーブアイテムの分配もそう。俺たちが決めるんだ。誰を帰還させ誰を残すのか。場合によってはさらに残酷な選択が求められるが、その判断は救援部隊のリーダー。ここに集まった十八人が決定する』

『……臨機応変に』

　筋骨逞（たくま）しい大男が、ぼそりと応じて。

『そう言えば聞こえはいいが、全判断の責任が我々の肩に直接かかってくるわけだな』

『その通り』

眉一つ動かさずキルヒエッジが首肯。

『はっきり言おう。これは割に合わない話だ。幾ばくかの報酬と引き換えに、二度と人間世界に戻ってこれないというリスク。そしてゲーム内のあらゆる責任を負わねばならないというリスクの二つを背負う』

『………』

『あとは成功時の栄誉くらいのものだが、今さら君たちがそんなものに――』

『あるわよリーダー』

押し殺した声。

キルヒエッジの話を遮る一声は、マル＝ラを代表したカミィラのものだった。

『帰還困難者二百九人。そのうちの三人は私の友人よ』

『っ』

『友人のために行くのよ。名誉とか報酬じゃ計れないものがある。そうでなきゃ私だってこんな無理ゲーに挑戦するものですか』

『あ、それ僕も同感』

パチパチと拍手。

金髪の青年エズレイズが、あははと照れを隠すかのように。

『帰還困難者のなかに可愛い後輩がいるんでね。ほら僕ってば臆病だから、そういう理由でもなきゃ動かないよ。ちなみに……』

青年のまなざしが、こちらへ。

『フェイ君は？　君が救援チームに名乗り出たキッカケは？』

「……えっと。俺はそうだなあ」

しばし思案。

帰還困難者がいることに危機感を覚えたのも嘘ではない。と同時に一プレイヤーとして、脱出不可能の迷宮ゲームに挑戦してみたい意欲もある。

だが、あえて口にするならば。

「ちょっと気になるかなって」

『？　何が？』

「神さまの意図が。今までのゲームと毛色が違うんで」

『無限再開始がかい？』

「もう一個の、世界規模で起きてる強制集合の方です」

フェイの違和感の原因だ。

無限再開始はゲームシステムとして説明がつく。

だが世界各地の使徒がたった一つの遊戯(ゲーム)に吸い寄せられる現象は、過去に聞いた覚えがない。

……レーシエもそこに疑問を抱いてた。

……無限再開始(リスポーン)じゃない。真に解明すべきは強制召集の方なんだ。

だからダイヴする。

「俺は、神さまの真意を確かめたい。だってそうだろ？　その理由を知っておかないと、そ・の・神・さ・ま・が・何・度・で・も・同・じ・よ・う・な・強・制・集・合・の・ゲ・ー・ム・を・生・み・だ・す・可・能・性・が・あ・る・」

『っ！』

ビデオ会議の面々が、ざわりと揺れた。

そう。

この迷宮から脱出できたとしても、それはただ一時の療法。真の解決のためにはゲームを生みだした神と向き合わねばならない。

『するとフェイ君。君は最初からこの迷宮ゲームの脱出ではなく攻略が目的かい？』

「いや全然。あくまで希望なんで」

エズレイズの問いに、あっさりと手を横に振ってみせる。

「俺もセーブアイテムの発見が第一目標だし、まずは帰還困難者の人たちを助けることに全力ですよ」

『——聡明だ』

本部代表キルヒエッジが、小さく首肯。

『まさしく模範的優先順位だ。理想はゲーム攻略。だがそこに意地を張らず、まずは帰還困難者たちの救出を最優先にしてもらいたい』

そして自ら片手を挙げて。

『俺からは以上だ。具体的なダイヴスケジュールは、追って本部統括部局から連絡がある。それ以外に質問があれば受けつけよう』

数人がぱらぱらと手を挙げる。

一時間弱——

質問と回答の応酬を挟んだ後に、ビデオ会議は閉じた。

一人また一人と画面から消えていく。最後に残ったのがフェイ、そしてマル＝ラ代表のカミィラだった。

『……救援チームは全部で四陣らしいわね。十二時間の間隔を空けて順次ダイヴ開始。どの陣でダイヴするかは私たちが自由に決めていいらしいけど。あなたは？』

「戻って仲間と相談しますよ」

とは言っても——

仲間にレーシェがいる以上、答えは決まっているのだが。

「カミィラさんは？」

『私たちは第一陣よ。さっき言ったでしょ、友達が閉じこめられてるのよ。救出は早ければ早いほど良いに決まってる……だからフェイ』

薄い眼鏡（めがね）レンズの向こう。

茶髪の女使徒に、訴えるようなまなざしを向けられた。

『本気で頼りにしてるわ』

═══

翌朝。

神秘法院ルイン支部、地下のダイヴセンターで――

フェイたちは巨神像の前に集結していた。

「ってわけで俺たちも最速の第一陣な。二人とも体調は？　よく眠れたか？」

「寝れるわけないじゃないですかぁぁぁぁっっっ!?」

「……昨晩連絡を受けた時には、私もさすがに動揺したな」

目を真っ赤に充血させたパールと、苦笑いを浮かべるネル。

そんな二人の後方では、目を輝かせたレーシェが待ちきれないとばかりに巨神像を見上げている。

「さあ、どんだけ広い迷路なのか楽しみね！」

「お気を付けくださいね、レーシェ様」

昇降機（エレベーター）から降りてくるミランダ事務長。

目の周りに大きな隈（くま）ができているのは、昨晩ほぼ一睡もせずに他都市と連絡を取り交わしていたからだろう。

「現在、世界中のどの巨神像からダイヴしても問題の巨大迷宮に繋（つな）がります。いまだ全容が解明されていない危険なゲームですから」

「それを解き明かすのが楽しいのよ！」

「……言うと思いましたよ」

ミランダ事務長が、がっくりと肩を落としてみせる。

「フェイ君さ。レーシェ様にちゃんと説明したかい？」

「もちろん。今回はゲーム攻略じゃなくて帰還困難者の救出を優先すること。迷路の初期スタート地点はランダムで、まずは迷路内で他の救援チームと合流できるといいなって話まで抜かりなく」

「ならば結構」

ミランダ事務長の手には眠気覚ましの缶コーヒー。

それを一息で飲み干して。

「よし。じゃあ行ってらっしゃい。ちゃんと戻ってくるんだよ？」

「俺はいつも通りやるだけですよ」

缶コーヒーを握った手を振る事務長へ。

フェイは、飄々（ひょうひょう）と応じてみせた。

「神さまとのゲーム対決をね」

巨神像へ。

前代未聞の遊戯（ゲーム）の場へ、飛びこんだ。


——神々の遊び場（エレメンツ）「神の迷宮ルシェイメア」

VS『？？？？』？？？？神

ゲーム、開始。


フェイ・レーシェ・ネル・パール。

四人の少年少女たちが、竜を象（かたど）った巨神像へと飛びこんでいく。その姿を部下とともに見守って。

「……ふぅ」

事務長ミランダは、早くも二本目の缶コーヒーに口をつけていた。

「苦いね」

「だから微糖コーヒーにしましょうかって言ったじゃないですか」

「コーヒーの話じゃないよ」

部下に向かって苦笑。

この事件の話だ。救援チームを結成するという本部の意向にはミランダも異論はないし、人選にも一切不満はない。

「錚々たる顔ぶれ過ぎるんだよね。フェイ君たちまで帰還困難者になるようなことがあったら、もう人類の大損失だ」

だからこそ苦々しい。

帰還困難者の救出を願う一方で、救援チームまでもが犠牲になる可能性を覚悟せねばならない板挟み。

「……ま。今はとにかく無事を祈ろうか」

飲み終えた缶二本を、まとめてダストボックスに投げ入れる。

この遊戯は長期戦になる。

執務室に戻って仕事の続きだ。ミランダが身を翻した、まさにその瞬間――

轟（ごう）ッッ！

頭上。つまりは地上からとてつもない地響きが鳴り響いた。

「な、何事だい!?」

地下のホールが大きく揺れる。

あまりの揺れに、部下の何人かがよろけて床に膝を突くほどだ。

「地震でしょうか!?」

「……それにしては短すぎないかい？」

一瞬の超衝撃。

まるで恐竜（レックス）が神秘法院のビルに体当たりでもしたような、そんな刹那の揺れだった。そこへ昇降機（エレベーター）から部下が飛びだしてきて。

「事務長、報告が！」

「今の地響きだろ。原因は？」

「……銀髪の女の子です」

「はい？」

「正体不明の少女が空から降ってきました。しかもめちゃくちゃ可愛（かわい）い子」

そんな部下からの報告に。

ミランダは、しばし腕組みして宙を見つめたのだった。

「……女の子って空から降ってくるもんだっけ？」

2

その十五分前――

神秘法院ルイン支部。

多くの使徒や事務員が行き交う敷地を、肩で風を切るようにして突き進む少女がいた。

豊かなピンク色の髪をなびかせて。

「……レーシェお姉さま、パールお姉さま、ネルお姉さま」

アニータ・マンハッタン。

数日前、フェイの仲間の少女たちに声をかけ、チーム『女帝戦線（エンプレス）』に勧誘しようと迫った少女である。不覚の一言でレーシェたちの怒りを買い、敷地の茂みに落とされるという失態をしたばかりではあるが。

「ウチは諦めませんわっ！　攻略難易度の高いお姉さま方を攻略してこそ、我がチームの魅力はいっそう輝くのです！」

アニータは、折れるどころか逆に燃えていた。

魅力的な「お姉さま」ほど攻略難易度が高いのは必然。それを落としてこそ自分の実力が証明されるというものだ。

ちなみにアニータの神呪は超人型『身も心も鋼鉄に』。

全身を鋼のように硬化させる能力だ。ゾウに踏まれて地面にめり込んでも軽傷なほど、とにかく頑丈。茂みに落とされたくらいでは痛くも痒くもない。

そんなアニータの頭上めがけて――


超高速で飛来する「何か」が、落ちてきた。


衝撃。

ミサイルが破裂したかのような爆風と轟音が、周囲を歩いていた人々を薙ぎ払う。

「きゃっ⁉」

「うわっ⁉　な、なんだ！」

悲鳴を上げる人々。

何が起きたのか確認しようにも、濛々と立ちこめる砂煙のせいで何も見えない。

「な、何だおい！」

騒ぎを聞きつけた者たちも駆けつけてくる。

全員が固唾を呑んで見守って……煙が風に流されて消えていったそこには、地面に巨大クレーターができていた。

何が落下した？

ミサイルか？　隕石(いんせき)か？

そんな類(たぐい)でもなければ到底起こりえないような爆発だが。

「…………………うう。な、何なんですの今のは。けほっ。土が喉に……もう。ウチの神呪(アライズ)がなかったら大事故でしたわよ……」

クレーターの最深部で、アニータはよろよろと身を起こした。

全身土まみれ。

かろうじて『身も心も鋼鉄に(アイアン・ハート)』で耐え切れたが、服はぼろぼろ。お気に入りの美容院で三時間かけて整えた髪もひどい有様である。

「い、いったい何者の仕業なのですか！　出てきなさいぃぃぃぃっっっ！」

その時。

アニータの後ろで、何とも愛らしい声がした。

「あっれー？」

「我、ちょっぴり座標を間違えたかなー？」

クレーターの中心。

騒ぎを聞きつけた者たちの視線が一斉に集中し、そして、誰もが息を呑んだ。

そこには神がかった造形の美少女が立っていた。

「間違えた？　かな？」

愛らしく首を傾げる少女。

透き通るような銀髪に、紅玉のごとく輝く大きな瞳。

見る者すべてを魅了する可愛らしい面立ちと、どこか幻想感のある佇まい。そこに立つだけで地上のあらゆる芸術品すら霞んでしまうような神聖さ。

にもかかわらず――

なぜか服装が、一言でいって格好悪かった。

まず胸元にでかでかと「無敗」の二文字が書かれたド派手Tシャツ。そこにぶかぶかの上着、首にチョーカーという、最高に着合わせの悪い残念ファッションなのである。

絶世の美少女なのに、それを台無しにするほど服装が恥ずかしい。

「おーい人間ちゃん。どこだー。我が来たぞー」

銀髪の美少女がふわりと跳んだ。

クレーターの最下層から、何十人という群衆が見守る路面まで軽々と。

「うわっ!?」

「な、なんだ……超人型の使徒か⁉」

「だけどあんな銀髪の子、うちの支部にいたか⁉　服も妙だし……」

　ざわつく周囲。

　一方で銀髪の少女は、そのざわめきを気にする素振りがない。いや眼中にないと言わんばかりにキョロキョロと辺りを覗(うかが)っている。

「おーい人間ちゃん？　どっこだー？　隠れんぼかー？」

　茂みをガサガサとかきわけて。

　マンホールの蓋を開け、木立の裏に回って、挙げ句の果てにはダストボックスの中まで覗(のぞ)きこんだり。

「あっれー？　この辺りの座標だったんだけどなー？」

　誰かを探している。

　そんな一部始終を、アニータはじーっと見守っていた。

「…………はっ⁉　ウ、ウチとしたことが⁉」

　ようやく我に返った。

　あまりの可愛らしさに心を奪われ、息も忘れて銀髪の少女を見つめていたのだ。

「恋愛マスターたるウチが、なんという失態を⁉」

　少女を追いかけてクレーターを駆け上がる。

彼女はいったい何者だ。

陽に透ける銀髪のなんと幻想的なことだろう。その横顔は無垢であどけなく、溜息が漏れそうになるほどに可愛らしい。

「……見つけた！　遂に見つけましたわ！」

我が『女帝戦線』にふさわしい最後の一ピースを。

竜神レオレーシェ、そして彼女がいれば自分のチームはまさに最強無敵。

「おーい人間ちゃん。どこだー？　我が来たぞー？」

「お姉さま、お待ちになって！」

全速力で背後から回りこむ。

アニータに前を塞がれて、銀髪の少女が立ち止まった。

「？」

「お姉さまっ！　どうか我がチームにお入り下さい！」

外見から想像できる年齢は同程度、あるいは自分の方が年上かもしれないが、そんなのは問題ではない。尊敬すべき少女はすべて「お姉さま」なのだから。

「アニータ・マンハッタンと申します。どうか『アニたん』とお呼びください！」

「なあ人間」

銀髪の少女が、首を傾げて。

「人間ちゃんを知らないか？」

「人間ちゃん？　誰ですかそれは」

「じゃあいい」

「お、お待ちください！」

銀髪の少女の手を取って、なかば強引にその場につなぎ止めた。

「人探しの途中のようですが、時として一休みも大切ですわ。いかがでしょうお姉さま。ウチの部屋で最高級の紅茶をご一緒しませんか？」

紅玉色(ルビー)の瞳をじっと見つめる。

息も忘れて見とれてしまいそうな、この世のものとは思えぬ輝き深き双眸(そうぼう)。こんなにも幻想的な少女がこの世界にいるなんて。

「ああもう最高ですわ！」

ぐいっと顔を近づける。

「天界を流れる小川のごとくサラサラな銀髪、愛天使(キューピッド)さえ逃げだすであろう無垢であどけないお顔。思わず指でツンツンしたくなる柔らかそうなほっぺ！　ああもう、一兆点！いいえ五千億兆点を差し上げます！」

「？」

「ですが……ですが、あまりに惜しいっ！」

アニータが奥歯を噛（か）みしめた。

そのまなざしが見つめるのは、銀髪の少女が着ていた服一式だ。

「なんてことでしょう、そのダサいTシャツ！」

惜しい。惜しすぎる。

神々の芸術めいた可愛（かわい）らしさでありながら、この服装だけが理解できない。特にこの、『無敗』と大きく書かれたTシャツだ。

「なんですかこのTシャツ、あまりにもダサすぎますわ！」

「我、無敗だし」

「？　よくわかりませんが……とにかく！　このぶかぶかの上着（パーカー）といいチョーカーといい派手すぎですわ！　お姉さまという極上の素材を生かすなら、服装は極めて質素にまとめるべきです。そんなセンスの悪いTシャツは似合いません！」

「……っ」

銀髪の少女が、眉をピクリと動かした。

「我の服がダサい？」

「そうですとも！　これでは宝の持ち腐れです！」

「……人間」

可愛らしい少女の目が冷たく輝いて。

「我の神センスを集約したTシャツがダサいと?」

「はい! ですが任せてください、このアニたんがお姉さまのために特注の——」

「どけ」

ぺちんと脳天にチョップ。

ズンッッ!

まるで戦車に踏み潰されたかのような重量感と勢いで、アニータは地面に深々とめりこんだのだった。

「………………」

「おーい人間ちゃん? この中かー?」

うつ伏せに倒れたアニータを飛び越して、銀髪の少女は神秘法院の扉へと歩いていったのだった。

‖

そして現在(いま)——

「はぁっ!? アニたんが地面にめりこんで病院送り!?」

神秘法院ビルの地下で。

事務長ミランダは、部下からの報告に思わず声を上げていた。

「そもそも人って地面にめりこむかい？」

「で……ですが、空から降ってきた少女にチョップをされたという目撃が」

「まあいいけどね。アニたんの神呪（アライズ）なら軽傷だろうし」

負傷者（アニータ）を気にするのは後回し。

空から降ってきたという、その銀髪の少女の方が気がかりだ。

「で？　その空から降ってきたって子は今どこに？」

「それが……」

轟（ごう）ッッ！

二度目の衝撃は、ダイヴセンター後方の昇降機（エレベーター）から。ミランダと部下が振り返るなか、ミシミシと音を立てて両開きの金属扉がこじ開けられていく。

華奢（きゃしゃ）な少女の手で。

「怖っ⁉」

「おーい人間ちゃん！　ここかー？」

開いた隙間から、何とも可愛（かわい）らしい銀髪の少女がぴょんと飛びだした。

「なあ人間。人間ちゃんを知らないか？」

「……はい？」

銀髪の少女の問いに、ミランダは思考が一瞬停止した。

人間？　人間ちゃん？

最初のものは自分（ミランダ）への呼びかけだろう。しかし二つ目の人間ちゃんとは？

「我は、人間ちゃんと再戦するために来たんだぞ？」

「そう言われても……」

銀髪の少女をじっと観察。

空から降ってきたという美少女で間違いあるまい。昇降機（エレベーター）の扉を両手でこじ開けるという強烈な登場で驚いたが、どうやら敵意はないらしい。

愛らしい顔立ちに、むしろ人懐こささえ感じられる。

「ええと。そもそも君は誰かな？」

「我は無敗だ」

「……はい？」

「無敗だが！」

銀髪の少女が自信満々に胸をはってみせる。

Tシャツに書かれた「無敗」の二文字に注目させたいのだろうが、あいにくミランダ側はそれが何を意味するのかわからない。

「ん？　パーカーの裏にも『神』って書かれてるのか。またずいぶん個性的な服装だね。

……あれ？」

無敗。神。すなわち無敗の神。

そんなフレーズを前にも聞いたことがあるような。

「この前は油断して人間ちゃんに負けたけど、その一敗は賭け神に消させたから。これで我はいまだ無敗だし！」

「……あれ？　なんか思いだしそう。ええと……」

ミランダが考え込む間に。

銀髪の少女が目をつけたのは、竜の頭部を象った巨神像だった。

つい数分前にフェイたちが通過したばかりの代物である。

ただし竜の口は閉じている。これは巨神像の特徴だ。神がゲーム参戦者を新たに募るか、ゲームが終わるまでは開かない仕組みになっていて——

「人間ちゃんここか？」

ミシッ

銀髪の少女が、閉じられた竜の口を両手でこじ開けた。

「よしっ」

『はいぃぃぃぃぃぃっぃっっっ!?』

ダイヴセンターに響きわたる絶叫。

ミランダと部下たちの驚愕の声が、美しいほどに重なった。

「ま……待ちぇ待ちぇ……待った⁉」

あまりの衝撃に呂律が回らない。

巨神像の扉をこじ開けた。すなわち神々の力で閉ざされていた霊的上位世界への入り口を、この銀髪の少女はいとも簡単に開放してみせたのだ。

力業どころか神業。

完全なる神以外には不可能。元神さまのレーシェさえも出来ないだろう。

「あ、ここから人間ちゃんの匂いがする！」

少女が目を輝かせた。

透けるような銀髪に、紅玉めいた双眸。

「……あれ？　この子？」

ミランダの脳裏に、ある「神さま」の姿が浮かび上がったのはその時だ。

外見の特徴は一致している。

初めてフェイの前に現れた時は黒の着物を着ていた。今のラフな格好とは似ても似つかないが、その容姿には確かに見覚えがある。

「無敗の神……銀髪……真っ赤な目……あ、あああああああああああっ⁉」

思いだした。

今まさに完全完璧に思いだした。

「ま、まさかっ⁉」

銀髪の少女を指さして、ミランダは力いっぱい叫んだ。

「ウロボロスぅっ⁉」

「我、無敗だが、何か？」

そして少女は巨神像へと飛びこんだ。

人間世界への帰還者ゼロ。

前代未聞なる神の遊戯(ゲーム)に、今、その神さえ予測不能のチートプレイヤーが乱入した。

無限神ウロボロス、（フェイを追いかけて）参戦。

Player.5　帰らずの迷宮ルシェイメア

1

高位なる神々が招く「神々の遊び」。

選ばれた人間は使徒となり、霊的上位世界「神々の遊び場（エレメンツ）」への行き来が可能になる。

そして――

フェイたちが飛びこんだ先には、極彩色に輝くモニター群が宙に連なっていた。

何十というモニター群だけで構成された空間。

まるで電脳世界。そこにフェイ、レーシェ、ネル、パールが到着したところで、頭上に光の文字が出現した。

〝ダンジョン難易度を選んでください〟

〝①『愛すら感じる』　②ＰＭＤ〟

「ん？　難易度を選ばせてくれるのか？」

思いがけないメッセージに、フェイはしばし宙の文字を観察した。

ダンジョンの難易度選択。

……なんだ？　予想と違うな。

……てっきり無条件で極悪難易度のダンジョンに放りこまれると思ったのに。

難易度を選べる。

これはプレイヤーにとっては親切設計だ。帰還困難者が続出中のゲームとは思えない、神（ゲームマスター）からの配慮があるのは意外でしかない。

ただし、①と②の難易度が判別しにくいのは気がかりだが。

「……普通は『易しい』『難しい』って表記ですよねぇ」

パールが弱ったように顔をしかめる。

「難易度って書かれてますし、たぶん易しいと難しいの選択ですよね。①『愛すら感じる』は何となく有情的というか思いやりを感じるから易しいだとして……②の『ＰＭＤ』って何でしょう。フェイさんわかります？」

「いや俺もさっぱり……あ、わかった！」

フェイの脳裏にさっと思い浮かんだ。
①が易しいなら②は難しい。となれば『ＰＭＤ』とはコレしかない。

「パール、この『ＰＭＤ』は、『Player Must Die（プレイヤーマストダイ）』の略称だ」

「……どういう意味です？」

「『死ぬがよい』。つまり愛すら感じるくらいの楽勝モードと、プレイヤーを殺しにかかる超絶難易度の二択だ」

「極端にも程がありますぅっ⁉」

身を縮こまらせるパールが、迷わず①『愛すら感じる』を指さした。

「当然こっちです！」

「私もだ」

続くネル。二人が選んだ①の文字が点滅し、ピロンと可愛（かわい）らしい効果音が鳴り響く。

……が。その横ではデロンと不穏な効果音。

自分（フェイ）とレーシェが②『Player Must Die（プレイヤーマストダイ）』を選んだ音である。

「――って、何やってんですかぁぁぁっっっ⁉　フェイさんレーシェさん⁉」

「当然こっちだよなぁ」

「難易度を問われたら、最高難易度で遊ぶのがプレイヤーの作法よ」

ちなみに自分（フェイ）たちの身に変化はない。

難しい側の難易度も、見た目にもわかるような影響はないらしい。

「ってことはダンジョン側に影響があるのか？　モンスターが強くなったりして」

「冷静に分析してる場合ですかぁぁぁぁっっっ⁉　な、なななぜ⁉　だって現実帰還できないかもしれないんですよ⁉」

「落ちつけってパール」

　顔を真っ赤にした金髪の少女をなだめる。

「ワケがあるんだよ」

「どんなです？」

「難易度ごとにＥＤ（エンディング）が設定されてたらどうする」

「……へ？」

「難易度を選べるゲームは、難易度ごとに見られるエンディングが違うのが定番だろ」

　電子（ビデオ）ゲームで顕著な特徴だ。

　優しいモードでは通常ＥＤ（エンディング）。

　難しいモードを攻略して初めて見られる真ＥＤ（エンディング）。

「作中の主人公視点で、この真ＥＤ（エンディング）こそハッピーエンディングに相当することが多い。
俺たちが迷宮を攻略する主人公なら、ハッピーな終わり方って何だ？」

「え？　それはもちろん現実に――――っ！」

　パールが目を見開いた。

「まさか⁉」

「そう。現実帰還できるED(エンディング)が、難しい側のモードで攻略した場合のみに設定されてる可能性がある。せいぜい確率二パーセントくらいだけど」

だから確かめるのだ。

同一チーム内でも難易度を①②でわけて、ゲームにどんな違いがあるのか見極める。


〝難易度の選択が終了しました〟

〝楽しい冒険へようこそ。これより壮大な迷宮探索の始まりです〟


四人の頭上に、謎の「0(ゼロ)」という数字が浮かび上がり……そして消えた。

「あれ？　今の文字は？」

「すぐ消えたな。もしや再開始(リスポーン)の数か？」

数字が浮かんでいた宙を見上げるパールとネル。

その二人の前で、極彩色に輝いていたモニター群がふっと消滅。門が開くように空間に裂け目ができて――


そこには、見わたす限りの草原が広がっていた。

瑞々(みずみず)しい植物と色とりどりの花。

春風のような心地よい風に、空は、雲一つない青空が地平線まで続いている。

「野原だな」

「野原ね」

「野原ですねぇ」

「……のどかだな」

草原の中をのんびりと歩きだす。

帰還困難者続出という情報からは考えられないほど穏やかな光景。緑の大海原の散歩はまるでピクニックのような心地だ。

「いいえ、油断はできません！」

先頭を歩くパールが周囲を見回した。

「これは巧妙な心理戦！　のどかな草原と見せかけてそこら中に罠(わな)が仕掛けてあるに違いありません。皆さんどうか油断なく！」

「……もしや私とパールが易しい方の難易度を選んだのも関係するのか？」

その隣を歩くネルが、眉をひそめて思案。

「全員が難しいモードを選んでいたらこの草原にも変化があった……まだわからないな。草原もしばらく続きそうだし」

視界は緑一色。

なだらかな丘陵を下るうちに、瑞々しく茂る木々が見えてきた。

「……なんか、あの木陰でランチでもしたら超楽しそうですねぇ。サンドイッチでも持ちこめばよかったです」

「さっそく油断してるわよパール」

「だ、だってレーシェさん！　本当にのどかなんですよ！」

何しろ地平線まで続く大草原だ。モンスターがいれば数百メートル先でも見通せるのだが、そうした類が何もない。

「そうだなぁ。先は長いし作戦会議も兼ねて小休止もアリかもな」

フェイも、パールの言い分には一部賛同だ。

だらだらと歩いてしまうと緊張感を保つのは難しい。

「あの木陰で一回休憩、ついでに状況確認もしたいし」

「賛成ですぅ！」

木陰めざしてパールが走りだす。

新緑色の葉が生い茂る木々に、瑞々しく実った赤い果実が覗いている。

「わぁ、美味しそうなリンゴです！」

「リンゴか？　サクランボにしては大きいが……桃のようにも見えるし、うーむ……」

「細かいことはいいんですよネルさん！」

パールが木陰に到着。

ちょうど手を伸ばせば届きそうな高さに、枝にぶらさがった完熟リンゴ（？）が実っているではないか。

「リンゴでもサクランボでも桃でも、こんなに赤く実ってたら絶対甘くて美味しいです！」

パールが勢いよく手を伸ばした、瞬間。

ボンッ、と。

その頭上の枝から、真っ赤な果実が勢いよく発射された。

それも弾丸並の速度で。

「危ないパール！」

「へ…………ぐはぁっ⁉」

リンゴを頬(ほお)に受けてパールが悲鳴。

その場で仰向(あおむ)けに転倒し、ぴくりとも動かなくなって――

――再開始(リスポーン)。

自分(フェイ)たちは、草原の初期スタート地点に立っていた。

全員無言。

「…………………なるほど。こういうゲームね」

沈黙を破ったのはフェイの呟きだ。

「誰か一人でも倒れると全員で再開始か。これは気を引き締めないとな」

「パール、あんな見え見えの罠に引っかかっちゃだめよ？」

「見え見えじゃないですよ⁉」

頬をさすりながら、そう叫ぶパールは涙目だ。

ちなみにリンゴを受けた頬は再開始で綺麗に治っているのだが、本人としては今の死亡判定はさすがに納得いかないらしい。

「なぜリンゴが！　アタシの頬めがけて斜め前方に飛んでくるんですか⁉　重力の法則もビックリですよ！」

「だってゲームよ」

「ゲームだからって、リンゴは真下に落ちるものですってば！」

はぁ、と溜息をつくパール。

「……でも理解しました。あのリンゴが赤いのは熟してるからじゃなく、ああして数多の人の血を吸ってきたからですね」

完熟リンゴならぬ血染めリンゴ。

だが罠のネタは見えた。

のどかな草原にも罠が仕掛けられている。それがわかれば対応はできる。

「じゃあ気を取り直して行くか」

「待ってフェイさん、名誉挽回のチャンスをください。あたしが先頭です！」

パールが颯爽と歩きだした。

大きく手を振って草原を突き進んでいく。その方角はもちろん木々の茂った方だ。

「正解の道にこそ罠が仕掛けられている。この道で正解と見ました！」

「パール、いい分析じゃんか」

「お任せくださいフェイさん！　先ほどはリンゴごときに後れを取りましたが、もう怖くありません！」

殺人リンゴ（？）の木々エリアへ。

どれも美味しそうに実っているが、一度発射されれば弾丸のごとき勢いで襲いかかってくることは実証済みである。

「パール気をつけろ。先ほどと同じリンゴが落ちてくるとは限らない」

「もちろんですネルさん」

表情を引き締め、パールが一歩また一歩と進んでいく。

「……なるほど。どうやら近づかないことが最大の対策のようですね」

距離を置く。

万が一飛んできても躱せるように。もちろん頭上のリンゴだけでなく、周囲のリンゴも常に警戒。このまま最後の木を横切ろうとして——

ボンッ。

パールの頭上めがけて、真っ赤な殺人リンゴが撃ちだされた。

「甘いです！　はぁっ！」

地面を転がるパール。

その数十センチ先を掠めて、枝から撃ちだされたリンゴが地面に深々と突き刺さった。

当たっていれば間違いなく死亡判定が下されていただろう。

「……ふっ、愚かな」

地面に落ちたリンゴを冷たく見下ろすパール。

「このあたし、パール・ダイアモンドに同じ罠は二度通用しないのです」

くるりと踵を返す。

圧倒的勝者の威厳をその身に湛えて。

「行きましょう皆さん。リンゴごときであたしたちの歩みを止めることはできません」

歩きだす。

パールが一歩足を踏みだした、まさにその瞬間——

ボンッ、と。

地に落ちたリンゴがミサイルさながらに跳ね上がった。背を向けたパールめがけて。

「危ないパール！」

「へ…………ぐはぁっ⁉」

リンゴを腰に受けてパールが悲鳴。

その場でうつ伏せに転倒し、金髪の少女が再び動かなくなって——

——再開始（リスポーン）。

自分（フェイ）たちは、草原の初期スタート地点に立っていた。

言うまでもなく二度目のやり直しである。

「……だ、か、ら！」

パールの顔がみるみる真っ赤になっていく。

二連続の恥ずかしい敗北。そしてやり場のない怒りで。

「なぜリンゴが空に向かって飛ぶんですかぁぁぁぁ⁉　重力の法則は⁉　地面に落ちたリンゴが空を飛んだら科学者の立場はどうなんですっ！」

「いやぁやるわね」

一方、レーシェは感心した口ぶりだ。

「リンゴは下に落ちるもの。その常識を逆手に取って、まさか地に落ちたリンゴが空に向かって飛び上がるなんて。これはパールの負けね」

「なんでリンゴに負けなきゃいけないいんですかぁぁぁぁっっ⁉」

地団駄を踏んでパールが絶叫。

「ああもうっ！ 次！ 次はネルさん先頭でお願いします！」

「……う、うむ！」

次はネルを先頭にして進んでいく。

結局——殺人リンゴが落ちてきたのは、パールが引っかかった二箇所だけだった。

「……納得いきませんですぅ。なんであたしだけ……」

「膨れるなって。パールのおかげで罠エリアを抜けられたじゃん」

「まあそうですけどぉ。あたし的には格好いいところをフェイさんに見てもらいたかったというかぁ」

「む？ 待て」

先頭を歩くネルが、「止まれ」と左手を持ち上げた。

緑の大海原。

自分たちが進んでいく先に、ぽっかりと大穴が空いていたのだ。

遠目にも直径十メートル以上はある穴が。

「うっ。明らかにヤバそうな気配がしますぅ……」

「俺も同感。あの穴、見るからに何か飛びだしてきますって雰囲気だもんな」

フェイたちが身構えるなか。

たった一人、堂々と大穴に近づいていくレーシェ。炎燈色(ヴァーミリオン)の髪を薫風にさらさらとなびかせて、大穴の縁ぎりぎりに立って下を覗(のぞ)きこむ。

「何もいないわよ」

「へ？　ほ、本当ですかレーシェさん⁉　さっきみたいに油断させておいて突然に飛びだすパターンもありますよ！」

「何の気配も感じないもん。安心して来なさいって」

レーシェが手招き。

その隣でフェイも大穴を覗きこむが、確かに何の気配もない。

「もしやさっきのリンゴと逆か。警戒させといて何もないパターンだなこれ」

「意地悪すぎやしませんかっ⁉」

「……良くできてるなぁ」

何も怖くないと見せかけての殺人リンゴ。

この伏線を張りつつ、いかにも怪しい大穴はただの穴。プレイヤーの精神を実にうまく揺さぶるやり口だ。

「……にしてもデカい穴だな。真っ暗で底が見えないけど深さ数百メートルはあるだろうし、飛び降りたら即死判定かな」

「なに試そうとしてるんですかフェイさん――――っっ!?」

パールにしがみつかれた。

「ただでさえ罠で二回も全滅してるのに、これ以上無駄な再開始はいけません！」

「まあ時間の無駄か」

「そうですよ！　あたしたちは一刻も早く帰還困難者さんを見つけなくちゃいけないです。救援チームの皆さんとも合流する約束じゃないですか！」

もちろん自分も今のは軽い冗談で、飛び降りる気はさらさら無い。

なぜならば――

「じゃあ、城、さっそく行くか」

草原の真ん中にそびえる巨大な宮殿。

この迷路ゲームの本編であろうダンジョンが、もう目の前に見えていたからだ。

2

宮殿内――

フェイたちが大広間に一歩入った途端、軽快なファンファーレが鳴り響いた。

『チュートリアル終了。お疲れさまでしたー』

大広間のシャンデリア。

そこにぶら下がっていた端子精霊(ミイブ)が、小さな羽を羽ばたかせて降下してきた。

『あたい、我が主神からゲーム説明を任されました端子精霊(ミイブ)です。皆さん、このゲームの雰囲気は感じとって頂けましたか?』

「ええ、そりゃあもう……意地の悪さをたっぷりと」

既にぐったり気味のパール。

「これがチュートリアルということは、ここからが本番の迷路ということですか?」

『はい。この扉の向こうが、神の迷宮「ルシェイメア」となります』

端子精霊(ミイブ)が広間を指さして。

『皆さま既に二回の再開始(リスポーン)を経験されておりますが、以後、皆さまの再開始(リスポーン)地点はここに設定されます。何度全滅してもここから再スタートし、神の迷宮にすぐ再挑戦できるというわけです』

「いよいよか……!」

ネルが口元を引き締める。
遂にだ。数多の帰還困難者を生みだした迷路への挑戦が始まる。
『説明を始めます。まずはこちらをご覧ください』
ピッ、と。
端子精霊の指さした宙に、説明用の文字盤が現れた。

【神の迷宮ルシェイメア】
①目的は最深部のラスボスを撃破すること。（最後の扉が開いて脱出成功）
②迷宮には様々なモンスターがいて、ギミックがあり、罠が仕掛けられている。それらを攻略しながら進んでいく。
③攻略には、迷宮内のアイテムが有効。
④二つ以上のアイテムから、より上位のアイテムを制作できる。
なおアイテムの所持は右手と左手に一つずつ。（つまり最大二個まで）
⑤ゲームの基礎ステータスは本人基準。
※ただし初期に『PMD』モードを選んだ場合には制限あり。
⑥何度でも挑戦できる再開始システム。
再開始はチームの誰かが死亡判定を受けた時。再開始後には獲得したアイテムなどを

失い、撃破したボスや攻略した罠が初期化するので要注意。


「……死ぬと全部やり直しですかぁ」

『いいえ！』

パールの呟きを聞きつけて、端子精霊が勢いよく首を横に振ってみせた。

『皆さまの経験知は失われず引き継がれます！　何度全滅しても諦めず、攻略困難な敵に対して試行錯誤を繰り返すことで攻略の糸口は掴めるでしょう！』

「死ぬの前提じゃないですか⁉」

『あ、そうだ。皆さまの頭上にある数字も残りますよ』

端子精霊が手を打つと同時、フェイたちの頭上に、難易度選択時にも現れた謎の数字が浮かび上がってきた。

『これは「解放値」。マニア向けのやりこみ要素です。迷宮内のギミックを攻略することで上昇していきます。初期値０から最大１００パーセント。皆さまがこの迷宮にかけた情熱を表す数値と言えるでしょう』

「そ、それを上げるとどうなるのですか⁉」

『自己満足です』

「本当にどうでもいい数値ですね⁉」

『だからこそ再開始しても数値が初期化しないのです』

頭上の解放値が再び消えていく。

それを見届けて、端子精霊がゆっくりとこちらを見回した。

『さて、何か質問はありますか』

「答えてくれるのか？」

そう聞き返すフェイに、端子精霊が指を二本広げてみせた。

『お答えできるのは次の二つの項目になります。①神の迷宮伝説について、②プレイヤーの世界への帰還』

「……へえ。現実に戻る方法も教えてくれるのか」

これはミランダ事務長の話とも一致する。

クリアを目指すのではなく、まずは霊的上位世界から脱出するためのセーブアイテムを見つけるのだと。

「①も気になるけど、まずは②から教えてくれ」

『帰還方法は二つです。一つはラスボスを撃破して迷宮脱出。いわゆるゲームクリアです。ですがどうしても先に進めなくなったり、あるいは現実での用があって戻りたくなる場合もあるでしょう。そんな時には――』

「セーブアイテムか？」

『はい！　それまでの取得アイテムやギミック攻略の状況を維持したまま人間世界に戻れます。再開始(リスポーン)もそのアイテム取得時の場所になります』

至れり尽くせりだ。

端子精霊(ミイブ)の説明やセーブアイテムの存在など、実にプレイヤー本意の視点である。

……裏を返せばだ。

……そのぶんダンジョンの難易度がまあ地獄なんだろうな。

チュートリアルでさえ、あの徹底した意地悪ぶり。

この大広間に再開始(リスポーン)地点が再設定されたのは、何回全滅してもすぐに再挑戦できるため。

それくらい全滅させてやる、と。

神(ゲームマスター)は暗にそう言っているのだ。

「あと①の迷宮伝説ってのは？」

『お答えしましょう！』

端子精霊(ミイブ)が両手を広げ、オペラ歌手さながらに天井を見上げた。

昔昔あるところに、迷路作りに熱心な神さまがいました。

神さまは、迷路の一番奥で人間が来るのをワクワクして待っていました。

……が、誰も迷路を攻略してくれず、神さまは退屈のあまり死んでしまいました。

「あっけない伝説ですね!?……い、いやいやいやいや待ってくださいです！」

真っ先に反応したのはパールだった。

空中をふよふよと浮かぶ端子精霊(ミイプ)を見上げて。

「死んじゃったんですか!?　神さまなのに!?」

『はい』

「軽っ!?」

『何百年も前のことですから。ですが我が主神の遺作(ダンジョン)はこの通り立派に残っています。どうか心置きなくゲームをお楽しみくださいね』

ギィ……

荘厳な音を響かせて、大広間の正面扉がゆっくりと開いていく。

『さあ迷宮ルシェイメアの扉が開かれました、大冒険の始まりです！　どんな困難も強敵も、必ずや皆さんの知恵と勇気で切り開けることでしょう！』

すべては行けばわかる。

端子精霊(ミイプ)に背中を押され、フェイたちは迷宮への扉を抜けた。

——神々の遊び場（エレメンツ）「死と再生の迷宮ルシェイメア」

VS『冥宮の主』?・?・?・?（死亡・遊戯（ゲーム）のみが存続）

ゲーム、開始。

使徒二百九人が、七十二時間をかけて誰一人として帰還できない。

どれだけ恐ろしい迷宮なのか。

息さえ詰まりそうなほどの緊迫感のなか、ダンジョンへの扉を開ける。

そこには――


絢爛たる宮殿の廊下が、無限に奥まで延びていた。


床は白と黒のモザイク模様。

壁はうっすらと黄みがかった石材で、天井でアーチを描く石柱が何千本と立っている。

まるで王族の宮殿内にいるかのような雰囲気だ。

「へえ綺麗じゃない！」

一歩踏み入ったと同時。

今まで黙っていたレーシェが、ここぞとばかりに目を輝かせた。

「迷路っていうから暗くて狭くて古臭いのを想像してたけど、これはその逆ね！　良いわ！　迷路作りに熱心な神らしいこだわり。こういう作り込みは大好きよ！」

床も美しい。覗きこめば自分の顔が映るくらい磨かれている。

ただし。

……否(いや)が応(おう)でもさっきの草原を思いださせるな。

……のどかな草原に、殺人リンゴっていう初見殺しの罠(わな)が仕組まれていた。

レーシェが床を覗きこむのも、ネルとパールが天井のシャンデリアを見上げるのも、綺(き)麗(れい)だからという理由ではない。

罠の類(たぐい)がないかを観察するためだ。

「……罠、ありませんね」

百メートルほど通路を直進して。

じっと様子を覗(うかが)っていたパールが、独り言のように呟(つぶや)いた。

「フェイさん、さっき曲がり角がありましたよね。引き返して曲がってみます？」

「俺としてはもうちょっと直進したいな。どこまで続いているのか気になるし」

ぷちょん。

フェイがそう答えた矢先のことだ。

まさにパールが指さした後方の曲がり角から、小さな気配。ぷちょん……と。水風船が跳ねるような音。

それがいくつも連なって近づいてくる。

「何か来ますです!?」

「モンスターか！」

パールが慌てて後退し、ネルが即座に身構える。

フェイとレーシェもいつでも動けるように警戒。近づいてくる気配こそ小動物のようではあるが、それで油断する気はさらさらない。

曲がり角を睨みつけて――

『パフーッ』

手のひらサイズの茶色い毛玉が、現れた。

全部で五体。

床をぴょんぴょんと跳ねているが、その高さもせいぜいパールの膝くらい。

「こ、この可愛いのはパフーちゃんっっ!?」

「知ってるのかパール!?」

「いいえ！　ですがこの鳴き声、愛くるしい見た目！　どこからどう見てもパフーちゃんと名付ける以外ありえません！」

おい。

パールを除く三人が、心の内でそう突っ込んだ。

「可愛いぃぃぃっぃっっ！　フェイさん、あたしこの子たちペットに……きゃっ!?」

『パフーッ！』

五体のパフー（？）が飛び跳ねた。

覗きこもうとするパールの顔や膝に次々と体当たり。

「や、やめ！………あれ？　痛くないかも？」

「クッションみたいに柔らかいな」

一体のパフーの体当たりを、ネルが平然と手の平で受けとめてみせる。

試しに自分も。パフーの体当たりをわざと受けてみるが、喩えるなら少し大きいマシュマロに触れたような心地よさだ。

『パフーッ⁉』

そして逃走。

体当たりを受けても無傷なフェイたちに、五体のパフーが一斉に逃げだした。

「逃げていきます！……あれ、これは？」

逃走先に点々と散らばっている木板。

パールがその内の二枚を拾い上げると同時に、光輝く文字が浮かび上がった。

【制作】
木板2枚　↓　木の盾　　実行しますか？

「実行します！」

パールの即決とともに、木板が、空中でいくつもの部品にわかれて再結合。わずか数秒後には、パールの手に木の盾が握りしめられていた。

さらに――

パールの頭上で、「解放値」として教わった数字が0から1パーセントへ上昇。

「わぁ！　フェイさん、木の盾ができました！」

「解放値も上がって一挙両得だな。制作（クラフト）もゲームギミックの一つで、その達成で解放値が上昇したのか。やりこみ甲斐（がい）を感じるな」

木板は残り六枚。

フェイたちも木の盾を制作（クラフト）。同じく「初制作（クラフト）達成」により解放値が1パーセントへ。

「幸先（さいさき）いいな。フェイ殿、もしや私たち順調ではないか？」

「ああ。木の盾で俺たちのパラメーターも上昇してる。こんな感じでアイテムを拾って制作（クラフト）して迷宮を進んでいけばいいわけだ」

ゲームの進め方は理解した。

四人全員が木の盾を装着し、パフーが逃げていった方の通路へ。

『パフーッ』

「お？　また来た」

通路から現れる一体のパフー。

先ほどと大きさは同じだが、今度のパフーはきらきらと黄金色に輝いている。

「まさかレア個体⁉　捕まえるのよパール、良いアイテムを持ってるに違いないわ！」

「合点ですレーシェさん！　ほーら怖くないですよぉ。撫でてあげますよぉ」

『――――』

こちらを見上げるパフー。

その頭を撫でてやろうとパールが手を近づけようとした矢先、黄金色のパフーから何かが噴きだした。

ゴールデンパフーの『ゴッドブレス』
全員に９９９９ダメージ。フェイたちは全滅した。（※ゲーム内テロップ）

視界が暗転。

気づいた時には、フェイたちは宮殿の大広間に戻っていた。

『……………はい？』

Chapter

Player.6　我、参上

God's Game We Play

1

『お帰りなさいませー』

宮殿大広間。

再開始（リスポーン）したフェイたちに気づいて、端子精霊（ミイブ）が嬉（うれ）しそうに降りてきた。

『さあ冒険の始まりです。気を取り直して頑張ってください！』

　一方で。

　きらきらと輝くシャンデリアの下で、フェイ・レーシェ・ネル・パールの四人はしばし呆然（ぼうぜん）と宙を見つめていた。

「……あー。なるほど」

「……こういうゲームだったわね」

「……無念」

「即死させられましたです。って、何ですかあれは!?」

パールが吼えた。

「直前に制作した木の盾ぜんっぜんっっ意味ないじゃないですか⁉　ダメージ貫通して9999ダメージ喰らいましたよ⁉　そもそも今のあたしたちの体力いくつです！」

『パールさんの現体力は51です』

「木の盾の存在意義はありますかぁぁぁぁぁぁっっっっ⁉」

「……驚いたな」

その横ではネルが嘆息。

「私もパールも難易度は優しい方を選んだはずなのに。それでもあれだけの強さか……。見慣れないモンスターには極力近づくべきではないと」

茶色パフーと黄金パフー。

色で見分けこそつくが、あの黄金パフーの強さを初見で推し量るのは不可能。

……完全な初見殺し。

……つまりこのゲームは、いわば究極の「死・に・覚・え・ダ・ン・ジ・ョ・ン」か。

思えば端子精霊はこう説明した。

全滅も無駄ではない。たとえ全滅してもプレイヤーの経験知は引き継がれると。

今回の再開始もそう。

パフーという敵の存在と、ゴールデンパフーの超危険性を「覚えた」。この経験を次に生かして挑戦するのだと。

「そうだ、一つ発見があったわ！」

レーシェが思いだしたように手を打った。

「さっき歩いてて変な脱力感があったのよ。わたしとフェイは難易度『ＰＭＤ』を選択したから、あれで元神(わたし)の強さにも上限設定がされたのね」

「俺の神呪(アライズ)もだな」

フェイは神呪(アライズ)、レーシェはそもそもの強さで、ゴールデンパフーの攻撃にも耐えられたはずなのだ。本来ならば。

だが難易度『ＰＭＤ』により能力に制限がかかって全滅判定を下された。

……いや、結局一人でも死亡したらチーム丸ごと再開始(リスポーン)だもんな。

……俺やレーシェだけが生き残っても意味ないか。

とはいえレーシェの強さが封じられたのは痛い。

罠(わな)やモンスターへの対応全般で、レーシェならではの強引な攻略が見込めない。

「しかも今ので神眼(ゴッドブレス)レンズが壊れたな……」

パフーの攻撃でだ。

再開始(リスポーン)で傷や服の損傷は修復されたが、ベルトにつけていた小型撮影機器は壊れたまま。

自動修復条件の対象外——その判定は神のみぞ知るが、要は「ダンジョン攻略に必要不可欠なもの」ではないからだろう。

「ってわけで俺たちの動画は切れた。今ごろミランダ事務長も大慌てだろうなぁ。これで俺たちも帰還困難者の仲間入りか」

「やっぱりミイラ取りがミイラになったじゃないですか⁉」

「なおさら早めに攻略しないとな。二度目行くか」

大広間から、再び迷宮へ。

一度目と同じ豪華絢爛な廊下が、見渡せないほど奥まで続いている。

「ただ、あの黄金パフーが厄介だな。出くわす前に対応を考えたいけど、レーシェは何か面白いの思いついたか？」

「……そうねぇ」

廊下を歩きながらレーシェが黙考。

「あの金色、エリアボスの気がするのよね。あの曲がり角から出てきたってことは、多分そこから先に行かせないための妨害役。ってことは逃げるのは不正解で、倒してあの曲がり角を進むのが正解な気がするの」

「具体的には？」

「茶色のパフーを生け捕りにして人質にするわ。そして降伏を促すの」

「……そりゃ斬新だ」

ちなみに自分(フェイ)も前半部分は同意見だ。

その前半とは、ゴールデンパフーを避けるのではなく倒すべきという意見である。ただ、撃破方法はまだ絞り切れていない。

……ゴッドブレスを浴びたら全滅。なら二つに一つだ。

……ブレスを撃たせる前に倒すか、ブレスを何らかの方法で回避するか。

どちらもすぐには思いつかない。

「可能性が高いのはアイテム制作(クラフト)だよな。まずは木板以外のアイテムを見つけて片っ端から制作(クラフト)していくか？」

この制作(クラフト)が実に奥深い。

たとえばＡとＡを掛け合わせてＢが出来る。ＡとＢを掛け合わせてＣが出来る。

さらにはＢとＢを掛け合わせてＤが出来る。ＢとＣを掛け合わせてＥが出来る。

というように——

一種類のアイテムでさえ、数さえあれば無数に新たなアイテムが生成できるのだ。

「……なるほどね。こりゃ一生遊べるな」

まさに超弩級(ちょうどきゅう)のゲーム規模。

アイテムだけでも凄(すさ)まじい数がある。ただしその裏返しで、ゴールデンパフーへの対策アイテム候補を絞りきれないのが厄介だ。

「帰還困難者が続出するわけだよ。俺たちも他人事じゃないな」

「フェイ殿」

ネルが、一歩前に進みでた。

「先ほどのゴールデンパフーともう一度だけ遭ってみたい。試してみたいことがある」

「っていうと？」

「三人は下がっていてくれ。私一人に狙いを集中させたい」

ネルが颯爽と歩きだした。

ゴールデンパフーの出現地である曲がり角へ。

再び現れる五体のパフーの体当たりを受けることしばし。パフーたちが逃走していく方向から、黄金色に輝く個体が現れた。

「来ましたです!?」

「下がっていろパール！」

ネルが走った。

タンッと小気味よい音を響かせて床を蹴り、黄金パフーへと一直線に走る。その挙動を察した黄金パフーが大きく息を吸いこんで――

――ゴッドブレス。

パフーの口から輝く吐息が噴きだした。

触れれば即座に全滅。そんな凶悪極まりない攻撃が触れる寸前、ネルは、左足を高々と宙へと蹴り上げた。

「お返しだ！」

神呪（アライズ）『モーメント反転』発動。

エネルギー・質量を問わずネルが蹴ったものを跳ね返す。ミサイルだろうと隕石（いんせき）だろうと、そしてゴッドブレスだろうと。

――反射。

ネルが蹴り返したゴッドブレスが、狙い違（たが）わず黄金パフーに直撃。

そして悲鳴。

『パフゥゥウッッ⁉』

アイテムと思（おぼ）しき小鍵を落として、黄金パフーが逃げていく。

「ネルさんすごぉぉいっ⁉」

その鍵を拾い上げるパール。

「これでどこかの扉が開くに違いないですよ！　そっか、攻略もアイテムだけにこだわる必要ないですもんね！　あの攻撃（ゴッドブレス）を蹴り返すだなんて。今のが生放送（ストリーム）だったら間違いなく大盛り上がりでしたよ！　それに見てください！」

四人の頭上に解放値が浮かび上がった。

1パーセントから2パーセントへ。

通常パフーを倒しても解放値は上がらなかったが、やはり黄金パフーはエリアボスとして特別な存在だったのだろう。

「まだまだ小さな一歩だけど、ネルさんのおかげで確実に攻略が進みましたよ！」

「……う、うむ！　ならば僥倖だ！」

顔を赤らめて照れるネルが、それでも嬉しそうに胸を張る。

「私もフェイ殿には返しきれぬほど大きな恩があるからな！　この調子でチームに貢献できれば幸いだ。よし、進もう。なあに先頭は任せてくれ！」

曲がり角を歩きだす。

否、歩きだそうとした直前。ネルの真横にあった窓ガラスが破裂した。

パリンッ！

窓ガラスを割って飛んできたのは、見覚えのある真っ赤な果実——

「ネルさん危ない!?」

「なに？………ぐはぁっ!?」

振り向く間もない。

窓の外から飛んできた殺人リンゴが、狙い違わずネルの頭部を直撃した。悲鳴を上げながらネルがうつ伏せに倒れていって——

——再開始（リスポーン）。

『お帰りなさいませー』

端子精霊（ミイブ）の出迎えが響きわたるなか、自分たち（フェイ）は無言で大広間に戻されていた。

「……こうやって心の隙間を突いてくるゲームなんだよなぁ」

「……ボスを倒して油断したわね」

「……ネルさん、慢心しましたです？」

「私としたことが申し訳ないいいいいいいいいいっっっっっ！」

土下座のネル。

パールにあれほど褒められてウキウキしていた自覚はあったのだろう。ネルの頬（ほお）は恥ずかしさで真っ赤だ。

「なあ端子精霊（ミイブ）。俺たちゴールデンパフーってのを倒したんだけど、再開始（リスポーン）したら——」

『全モンスターと罠（わな）も一緒に再開始（リスポーン）です』

「申し訳ないぃぃぃぃぃぃっっ！」

ネルが再び土下座。

ゴールデンパフー戦もやり直し。

もちろん収集したアイテムや制作も無に帰した。

「……考えようによっちゃマシだな。これ運良くレアアイテムを見つけたとかダンジョンの最深部まで行ってラスボスで敗北でも一からやり直しだろ。目も当てられないぞ」

「嫌ですぅぅっぅぅぅっっ⁉」

死んだら最初からやり直し。

つまりこの迷宮は、ラスボスまで完全ノーミスクリアでなければならない。

何百回、何千回。どれだけの挑戦が要ることだろう。

「よし、一つだけ約束しよう」

パンと手を叩く。

自分に注目を集めたうえで、フェイは三人の少女たちの顔を見わたした。

「このゲームで一番良くないのはミスじゃない。ミスを追及して仲間を傷つけることだ。それで仲間割れしたりゲームが嫌いになったら本末転倒だろ？　俺らは誰が失敗しても『ドンマイ』で。どんな失敗も、それを経験に変えていけばいい」

「は、はいです！」

「……心得たフェイ殿」

「わたしはそもそもミスって思わないわよ？　何度でも楽しめてお得だし」

少女たちが次々に頷く姿に――

「ってわけで行くか。他の救援チームが気になるけど、どうせ似たような状況だろうし」

フェイは迷宮への扉を指さした。

三度目の挑戦へ。

「将来（いつか）ノーミスでクリアするために、現在（いま）たくさんミスしよう」

一方その頃――

カミィラ率いるチーム『大天使（アークエンジェル）』も同時刻にダイヴし、別地点から迷宮ルシェイメアの攻略に挑んでいた。

再開始（リスポーン）、三十七回。

カミィラたちは早くも、強敵を相手に苦しんでいた。

「出たぞ！　またアイツだ！」

「くそ、廊下の隅っこで寝てるくせに、近づいた瞬間目を覚ましやがる！　リーダー！」

「撤退よ！」

逃げだす『大天使（アークエンジェル）』。だが廊下を十メートルも走らぬうちに、カミィラたちの前に凶悪なるエリアボスが立ちはだかった。

暗黒色のパフーが。

『パフーッ！』

「……くっ。追いついてきたわねダークパフー！　今度こそ、凍結弾（フロストバイト）！」

カミィラは魔法士型の使徒だ。

彼女が放った氷の弾丸が、廊下をぴょんぴょんと跳ねる黒い毛玉に直撃。そのまま床に氷漬けにするのだが。

『パフーッ！』

氷を砕いて飛びだす黒毛玉。

傷一つ負っていない姿に、カミィラと部下たちは一斉に青ざめた。

「何なのコイツ!?　物理攻撃無効で、神呪（アライズ）無効って。そんなのどうやって倒せばいいのよ――――っ!?」

ダークパフーの目が怪しく輝く。

――暗黒幻想。

パフーの目と目が合ってしまった者を強制的に混乱させる。

「ちょ、ちょっと私の身体（からだ）が操られて……って、何で服を脱ぎ始めるの……!?」

自ら服を脱いでしまうカミィラの悲鳴。

しかもチーム内には、まだ神眼レンズが作動している部下もいるのだ。

「ああいけないわ！　私の身体は十八歳未満禁止なのに全世界に放送されちゃう！」

「貧相だから平気ですよ」

「……今なんて言ったおい？」

「いいえ何でもありませんリーダー！」

あっという間に全員が混乱。

ある者はカミィラ同様に服を脱ぎ、ある者はその場でころんと爆睡してしまう。もはや戦闘どころか敵(ボス)に遊ばれている状態だ。

「誰かぁぁあっっ、こいつどうやって倒すのよ————!?」

迷宮ルシエイメアの一角で。

救援チームとして参戦したはずのチームは、早くも助けを求めていた。

2

チーム『大天使(アークエンジエル)』の苦戦を知る由(よし)もなく。

フェイたちは、発見したアイテムを使って制作(クラフト)に夢中になっていた。

「じゃーん。できましたー！」

光輝く盾を掲げるパール。

「フェイさん、あたし鏡の盾というのが制作(クラフト)できました！　でも説明見ると防御力は弱そうです。何に使うんでしょう？」

「鏡か……たとえば目を見ると混乱するとか石化する能力持ちのモンスターがいるってことじゃないか？　そういう奴（やつ）がいたら、その視線をうまく鏡で跳ね返すとか」

「そう都合よく現れるでしょうか」

「わかんない。この広い迷宮のどこかにはいるかもな」

「……残念ですぅ。この盾使ってみたいのに」

鏡の盾を構えたパールが、がっかり気味に肩を下げる。

「ちなみにフェイさんは何を制作（クラフト）したんですか？」

「目覚まし時計」

「すいませんもう一度」

「『目覚まし時計』ってのが出来た。ほらこれ」

フェイが手にしているのは、一般的な家なら必ずあるような電子時計だ。

「素材はネジと機械パーツな。制作（クラフト）って剣とか盾しか作れないかと思ってたけど、こんな変わったアイテムまで作れるんだなぁ」

「……はぁ」

パールの疑わしげな視線。

「それで、どういう効果があるんです？」

「大音量で鳴る」

「大音量で鳴るとどうなるんです？」

「近くの寝てるモンスターが片っ端から起きて向かってくる。さっき集団で寝てるパフーがいたろ。ああいうのが全部起きる」

「使っちゃダメじゃないですか⁉」

「まあ折角だから持っておくか」

「捨ててください⁉　アイテム所持は一人につき二つまで、貴重なアイテム枠が埋まっちゃいますよ⁉」

そんな会話のすぐ横で。

じっと制作に耽っていたレーシェが勢いよく立ち上がった。

「温い、温いわよフェイ！」

その手にはいかにも派手なトランペットが。

「わたしの『起床ラッパ』なら、目覚まし時計よりさらに広範囲のモンスターまで起こすことができるわ！　試しに吹いて――――」

「試さないでくださいぃぃぃぃぃぃっっ⁉」

全力でレーシェを止めにかかるパール。

さらにその隣では、ネルが見慣れない傘を広げたところだった。

「フェイ殿、木材とビニールで『ただの傘』というのが出来た。隠し効果を期待して制作

したが、本当にただの傘らしい」

「……一応持っておいてくれ。一応な」

パールが言うように所持アイテムは一人二つまで。

用途不明アイテムで所持枠を圧迫するのは不効率に思えるが、制作(クラフト)できたからには意味があるというのが自分(フェイ)の予想だ。

……たとえば使用アイテムとしては役立たずだったとしても。

……制作(クラフト)の素材としては優秀とかな。

この傘も『雨や雪とか降ってくる時にどうぞ』という何ともやる気のない説明文(テロップ)だが、他の素材と組み合わせることで、強力なアイテムに化ける可能性が十分ある。

「よし。そろそろ進むか」

現在地は、迷宮の二階に続く階段である。

二階を徘徊(はいかい)するモンスターは一階以上に強い。

それに対抗しようと制作(クラフト)を試したのだが、どうやらモンスターを直接倒せるような武器は滅多(めった)に出現しないらしい。

……つまり頭と神呪(アライズ)を使えってことだ。

……このゲームのアイテムは、あくまで攻略の手助けでしかない。

そして一つ実体験。

体感時間上、この迷宮で優に十時間以上経過しているが、まるで眠気や空腹を感じない。これは霊的上位世界ならではの特徴だ。

「二階の探索はまだ全然進んでないからな。どんな仕掛けがあるのやら」

慎重に歩を進めていく。

カツッ。

奥の十字路から、硬い靴音が聞こえてきたのはその時だった。

「モンスターですか!?」

「しっ。待てパール。これは歴とした人間の足音だ」

後ずさろうとするパールへ、ネルがその肩を掴んで踏み留まらせる。

近づいてくる足音が多い。五人いや十人以上。耳を澄ませば会話らしき肉声も伝わってくるではないか。

「フェイさん、もしや救援チームの皆さんじゃ!?」

「あるいは人間に化けたモンスターかもな。これだけ意地悪なダンジョンだ。賭け神みたいに人間に偽装する奴がいるかも」

数歩下がり、足音がやってくるのを密かに待ち続ける。

カツッ、カツッ……カツ……

足音がすぐ先まで近づいてきて、十字路に人影が映った。

「アシュラン隊長こっちです、こっちから声がしたと報告が！」

「油断すんなよ！　このクソ迷宮、そう思わせておいて罠（わな）が仕掛けてあるからな！　さあ、いったい誰だ名を名乗れ！　それともモンスターか！」

茶髪の男が飛びだした。

上背はフェイよりあるが体型はひょろっとした細身。愛嬌（あいきょう）のある面立ちをした、何とも憎めない雰囲気の――

「アシュラン隊長？」

「…………」

フェイが発した呟（つぶや）きに、目の前の男がぴたりと止まった。

じーっとこちらを見つめて。

「疲れ目か？　俺の後輩が目の前にいる……モンスターが化けた偽者か？」

「本物ですが」

「本物かよ!?」

アシュラン・ハイロールズ隊長が目を丸くした。

フェイの知人であり、ルイン支部のチーム『猛火（ブレイズ）』を統括する男だ。

新入り（ルーキー）時代に二度ほど世話になった経緯があり、間の抜けたところはあるが恩義と情に厚い性格。さらには――

〝単刀直入に、隊長のチームに入れていただくことは〟

〝もちろん大歓迎だっつぅの〟

〝レオレーシェっていう元神さまも一緒で〟

〝ブツッ――――現在、この通信回線は使われておりません。通信番号を正しく――〟


自分（フェイ）とレーシェが出会って間もない頃。

加入できそうなチームを探して、アシュラン隊長とこんな会話をしたこともまだ記憶に新しい。


……帰還困難者リストに名前があった時は、まさかと思ったけど。

……隊長もこのゲームの被害者だったのか。


初めての合流。

それが救援チームではなく帰還困難者チームだったのは予想外だ。


「おいおいおい!?　まさかフェイ、お前まで迷宮（ここ）に閉じこめられたのか!?」

「俺たちは救援チームです。出口が見つかってないって意味じゃ似たような状況だけど」

「救援？　誰を？」

「だから隊長たちを」

「っ！　そういうことなら早く言えよフェイ！」

有無を言わさず抱きしめられた。

「……隊長痛い」

「あっはっは！　俺ぁてっきりお前まで迷子かと思ったが、神秘法院もちっとは気を利かしてくれるじゃねえか。……で、人間世界はどうなってんだ？」

「大騒ぎですよ。世界規模の現象になってるので」

「何だと？」

「あ、そうか。隊長は知らないのか」

迷宮にいる隊長は「クリアするまで戻れない」ことは理解できても、まさかこの現象が世界規模で発生しているとは夢にも思うまい。

「フェイ。こっちの嬢ちゃんたちがお前の仲間だよな。レオレーシェ様もいるし……結局俺らはどうすりゃいいんだ？」

彼(アシュラン)の後方にはチームメイト十一人の姿もあり、全員がこちらを訝(いぶか)しげなまなざしで見つめてくる。すなわち「今どういう状況なのだ？」と。

「そうだな。隊長、一回休憩しましょう」

彼を名指ししつつ。

この場の全員に向けて、フェイは声を張り上げた。

「情報を交換しよう。この迷宮はまだまだ謎に包まれてる」

神秘法院ルイン支部。
その執務室で、ミランダ事務長は机に突っ伏して顔を伏せていた。

「――――」

『またサボりか？』

モニターから響くのは厳(いか)めしい男の声。
顔を上げずともわかる。マル＝ラ支部のバレッガ事務長。ここのところW G T(ワールドゲームズツアー)やネルの再起(カムバック)の件で頻繁にやり取りのある相手だ。

「……もう」

机に突っ伏したまま。
ミランダは、はぁ、と重々しい溜息(ためいき)を吐き捨てた。

「……今、むさ苦しいおっさんと話す気力ないんだけどなぁ」

『その様子だと、ルインも同じ状況らしいな』

「んん？」

『救援チームの件だ。カミィラ率いる大天使(アークエンジェル)が音信不通になった。海洋都市フィッシャーラの代表チームも同じらしい』

「……あちゃあ」

『フェイ氏もか？』

その通り。

顔を伏せたまま両手で「×」印を作ってみせた。神眼レンズで途中の動向までは追えていたが、ゴールデンパフーの攻撃でレンズが破壊されて消息不明。

「もう十五時間、音信不通……胃が痛いよ。フェイ君とレオレーシェ様まで帰還困難者になったら、ウチの支部はさぞかし非難囂々だろうって」

『それは最初から覚悟していたはずだ』

この遊戯は危険すぎる。

帰還困難者を助けるため救援チームを派遣する。その救援チームが帰還困難者となり、それを助けるためにさらに救援を用意して——

雪だるま式に犠牲者が増えていく。

『本部に問いただした。現時点で、これ以上の追加の救援チームを送りだす予定はない』

「……トカゲが尻尾を切り離す気分ってこんな感じかもね」

のっそりと顔を上げる。

両目のまわりに濃い隈を浮かべた顔で。

「……フェイ君もレオレーシェ様も、今ごろダンジョンで何をしてるんだろうね」

＝＝＝

迷宮ルシェイメア――

アシュラン隊長率いる『猛火(ブレイズ)』は、既に百時間近い探索を続けていた。うち一度は、他のチームと出会って合流したという。

ただし、その後に全滅。

「合流地点を決めておけば良かったな。後で気づいたよ」

廊下を進むアシュラン隊長が、苦々しく吐き捨てた。

「俺たちはみんな再開始地点(リスポーン)が違う。全滅したらまたバラバラ。けど待ち合わせ場所さえ決めておけば全滅しても何度だって集まれる。俺たちの集合は、俺たちが出会った十字路にするってのはどうだ？」

「賛成です」

「で……救援チームのお前らも苦戦してるわけだ。当然っちゃ当然だけどな」

隣を歩くフェイに、アシュランが肩をすくめてみせた。

「セーブアイテムの発見が最優先目標ってのは同感だ。この迷路はデカすぎる。百時間近くかけても探索できたエリアはたぶん全体の数パーセント。完全攻略ってなると何週間、何か月かかるかわからねぇ。下手すりゃ一生ものだ」

「先輩、セーブアイテムに心当たりは？」

「ある。なあお前ら？」

　アシュランが振り返る。

　部下十一人が、ここぞとばかりに頷いた。

「俺らがいるのは二階だ。この奥に鍵のかかった部屋がある。わざわざ鍵がかかってるんだから宝物庫じゃねえかってな」

「その鍵を探せばいいんですか？」

「一個は手に入れた。あと一個足りねぇんだよ」

　アシュランの手には、パズルの欠片のように凹凸のある鍵が。

　二つで一つ。組み合わせて完全な鍵になるらしいが……気のせいだろうか、これと似たものを自分も見た覚えがある。

「お前ら来たばかりだから知らねぇだろうが、この迷路にゃ凶悪なエリアボスが何体も徘徊してやがる。たとえば一階にはゴールデンパフーっつぅ奴がいるんだけどよ。とにかくやべえ。戦闘開始三秒で俺らは全滅した」

　アシュランが大きく溜息。

「倒すには、ゴッドブレスって技を跳ね返す装備『天女の扇』を制作する必要がある。ただ素材に使う『天界の雲』『虹色の絹』がどっちもレアアイテムで滅多に見つからねぇ。今はそのアイテムを探してる最中だった」

「……ゴールデンパフーですか」

「おう。何だフェイ、お前もしや知ってるのか？」

「遭遇しました」

「あっはっは。そりゃあご愁傷様じゃねえか。な？　やべぇだろ？　あんなのどうやって倒すんだって感じだよなぁ」

「倒しました」

「…………………ん？」

「撃破しました。俺じゃなくてネルのおかげだけど」

「何だとぉ!?」

隊長が振り返る先で。

ネルが照れくさそうな表情で、懐から金色の鍵を取りだしてみせた。

「ま、まあ……ゴッドブレスとやらは私が蹴り返すことができた。アシュラン隊長、探しているもう一つの鍵はこれだろうか？」

「そいつだぁぁぁぁぁぁぁあっっっ！　ちょ、ちょっと貸りるぜおい！」

アシュランが、二つの鍵を組み合わせて。

【制作(クラフト)】
金色の鍵片　＋　銀の鍵片　↓　処刑場の鍵　を生成しました。

・・・処刑場？
制作(クラフト)された鍵の名を見つめて、フェイはごくりと息を呑(の)んでいた。

とても嫌な予感がする。

この極悪ダンジョンで「処刑」という名の部屋は、それはもう間違いなく——

「よっしゃ出来たぁぁっ！　先に進めるぞお前らっ！」

「ちょ、ちょっと待ったアシュラン隊長!?　ヤバい予感がしますってば！」

廊下を爆走する隊長を追いかける。

あいにくアシュランの耳には届かない。なにしろ百時間近くも迷路を彷徨(さまよ)い続けた末の、ようやく見つけた突破口だ。

早く次の場所(ステージ)へ。

頭が冷静を求めていても、心が「先」を求めて駆り立てられる。

「フェイ、ここだ！」

いくつもの十字路や階段を越えた先。

アシュランが指さしたのは、凄まじく重厚な鋼鉄の扉だった。扉の周囲には怪しい靄が漂い、ゾッとするほど冷たい風が吹きこんでくる。

「どう考えてもヤバいやつですぅぅっぅぅぅっぅっっっっっ!?」

「……これは面妖だな」

扉を開ける前から、パールとネルの顔色は早くも青白い。

なにせ処刑場。

間違いなくプレイヤーを処刑しにかかる罠かモンスターがいるだろう。

「──と思う場面だが、そう心配すんな」

扉の鍵穴へ、慎重な手つきで鍵を差しこんでいくアシュラン隊長。

錠が外れる小さな音。

「パールちゃんだっけか？　この部屋に大敵が待ち構えてるっていう心配は無用だぜ。伊達にこの迷路を百時間も彷徨っちゃいねえよ。こういう時こそアイテム制作の知識がモノを言う」

「……え？　と、というと！」

「まず俺が持ってる『清浄の鈴』は、モンスターの脅威が迫ってきたらチリンと音を鳴らして報せてくれる超稀少アイテムだ。さらに部下には罠感知の『透視メガネ』を装備させている。そのどちらも反応がない。ということは？」

「まさか⁉　この処刑場はプレイヤーを脅すだけの虚偽（ブラフ）！」

「そういうこった。さあ開けるぜ！」

アシュラン隊長が扉を蹴り開ける。

ギィ……物々しい音とともに扉が開いていく先には、半径三十メートルはあろう円形の広間があった。

広間の壁には何百本という燭台（しょくだい）。

そこに灯（とも）された蝋燭（ろうそく）の火がゆらゆらと揺れている。

「アシュラン隊長、この部屋、罠（わな）は無さそうです」

「俺の鈴も反応なしだ。ほらな嬢ちゃんたち。心配ないって言っただろ」

広間を見回すアシュラン。

彼が言うように罠もモンスターも見当たらない。と思いきや、そう言った本人の表情がみるみる怪訝（けげん）なものに変わっていく。

「……妙だな。・・・・・なんで何もないんだ？　扉も宝箱もねぇぞ」

行き止まりなのだ。

入手困難な鍵二つを制作（クラフト）してやってきたのに、この処刑場はただの空き部屋？

……そんなわけがないよな。

……何か仕掛け（ギミック）が用意されてるはずなんだ。

たとえば隠し扉。

そう考えて壁や床に触れて回るが、それらしい箇所は見つからない。

「フェイ何してるの？」

そこへレーシェがスキップ調で歩いてきた。

「壁や床を触ってるけど」

「ギミック調べだよ。隠しスイッチないかなって。他に怪しいものが――」

「大きな気配が目の前にあるのに？」

「……はい？」

レーシェが指さしたのは、広間の真ん中に立っていたアシュランだ。

「ん？　俺がどうかしましたかレオレーシェ様？」

「お前じゃないわ。お前の立ってるところに別の気配がいるじゃない」

「――フェイ殿」

続けてネル。

こちらは両目を閉じて、自らの片耳に手を添えている。

「ごく微かだが、吐息のようなものが聞こえる」

「何だって？」

「……これは……寝息か？」

「ひゃあっ!?」

パールが突如として跳びはねた。

「い、いま……あたしの首筋にとっても生温い風が吹いてきましたです!?」

「どこだパール」

「こっちですフェイさん。あたしの背中に！」

パールが指さしたのも、レーシェが指摘したのと同じ処刑場の中央周辺。

ここは扉を閉めた密閉空間。空気も流れにくいはずなのに。

……そう、ここは無風のはず。

……なのに、どうしてさっきから・・・・・・蝋燭の火が揺れてるんだ!?

自分たちが処刑場に入った時にはもう、蝋燭は灯され、その炎は揺れていた。

炎が揺れる。

ネルが聞き取った吐息のような音。パールが感じた生温い風。そして気配。これだけの状況証拠から考えられるのは――

「アシュラン隊長、処刑場にはモンスターがいる！」

「ん？　おいおいフェイ。なら何で俺の鈴が反応しないんだよ。脅威がないってのはこのアイテムが証明して――」

「寝てるとしたら？」

「…………は!?」

「この吐息が、見えないモンスターの寝息だとすれば説明がつく」

大敵(レイドボス)はここにいる。

処刑場という部屋がそれを示唆している。

「この迷宮で一部のモンスターが眠るのは確認できてる。戦闘が始まらないのは大敵(レイドボス)が眠ってて俺たちに気づいていないから。だから二つに一つ。もともと見えない敵か。あるいは眠っている間だけ不可視(インビジブル)&完全無敵(インビンシブル)か」

おそらく後者だ。

ただ見えないだけの敵なら、この処刑場にいる二十人近くの誰かがとっくに透明な巨体にぶつかっていなければおかしい。

眠っている間は非存在判定（＝すり抜ける）。

これなら清浄の鈴が鳴らないことにも説明がつく。

「ん?……ってことはコイツと戦うには、まず起こせってか?」

「あ、あぁぁぁぁぁぁっっっ！　それですよ隊長さん！」

パールがその場で手を打った。

「起こせばいいんです！」

「どうやってだ?　全員で叫んで大声出すとかか?」

「目覚まし時計ですよ！」

自分（フェイ）が制作（クラフト）した用途不明アイテム『目覚まし時計』。

さらにレーシェの『起床ラッパ』もそう。疑問ではあったのだ。なぜモンスターの目を覚ますアイテムばかり大量に用意されていたのかが。

「やってみるか」

「わたしも！　派手に鳴らすわよーっ！」

フェイが目覚まし時計を。

レーシェが起床ラッパを取りだして、思いきり息を吸う。

「アシュラン隊長、パールもネルも後ろに下がってろ。俺たちが起こした瞬間、大敵（レイドボス）が怒って襲ってくるぞ」

「お、おうよ。お前ら壁ギリギリまで避難しろ。来るぞ！」

全員退避。

フェイとレーシェの二人だけが、モンスター覚醒アイテムを手にして。

「起こすぞレーシェ！」

「ええ！」

目覚まし時計がけたたましく鳴り響き——

起床ラッパが盛大に鳴り響いて——

降りそそぐ凄まじい光が、フェイたちを包みこんだ。

眠れる獅子の覚醒反撃『天から降りそそぐものがプレイヤーを滅ぼす』。

プレイヤーは滅んだ。※ゲーム内説明文

視界が暗転。

気づいた時には、自分たち四人は迷宮の外の大広間にまで戻っていた。

『……はい？』

3

再開始。

どうやら自分たちは全滅したらしい。

それはかろうじて説明文で理解できたが、戦闘と呼ぶにはあまりにも――

「だ、か、ら！　何なんですかこの難易度ぉぉぉぉっっっ!?」

顔を真っ赤にしたパールの絶叫。

「あたしたち1秒で死にましたが!?　ダメージとか攻撃じゃなくて『滅んだ』とか見たことない説明文が表示されてましたが!?」

『お帰りなさいませー』

「お帰りなさいじゃないですよぉぉぉっっ！」

端子精霊(ミイブ)に訴え中のパールは置いておくとして。

「さすが大敵(レイドボス)だなぁ」

これにはフェイも苦笑いだ。

パールの言うとおり理不尽すぎる。説明文(テロップ)が「滅ぼす」である事から、そもそも回避も防御も不可能の類(たぐい)だろう。

――大敵(レイドボス)『眠れる獅子(しし)』。

ボスの正体はおおよそ掴(つか)めた。

推測どおり処刑場で眠っており、眠っている間は不可視(インビジブル)＆完全無敵(インビンシブル)。

……寝ている間はどうしようもない。

……アイツを起こすまでは間違ってない。その後が問題だ。

覚醒反撃(レイジアーツ)への対策が要る。

「とりあえず、俺たちの攻略自体は進んでるしもう一回だ」

「フェイさん？　でもあのボスは……」

「アシュラン隊長と相談かな。俺たちよりプレイ時間長いし、あの攻撃を防ぐ制作(クラフト)アイテムがあるかもしれない。だってそうだろ？　制作(クラフト)の『目覚まし時計』が効く大敵(レイドボス)なんだから、アイツの攻略の鍵はずばり制作だ」

「な、なるほどです！」

挑戦二回目。

廊下を進み、パフーの群れからゴールデンパフーを倒して鍵を手に入れて。

フェイたちが集合場所に着いた時にはもう、アシュラン隊長率いる『猛火』十二人が待っていた。

「アシュラン隊長、さっきのボスですが――」

「『魔法反射の盾』だ」

間髪いれず、自信に満ちあふれたまなざしで隊長は答えてみせた。

「木の盾は制作したって言ってたな。あとは鏡とミスリルで『魔法合金』ができるから、木の盾と魔法合金を制作すりゃあ魔法反射の盾になる」

「ここに一つある」

その後ろにいた部下が、白銀色に輝く盾を掲げてみせた。

「眠れる獅子が放った覚醒反撃は魔法属性だというのが我々の分析だ。ならば魔法反射の盾が効く。こいつを全員が装備して挑みたい」

「さっそくリベンジだ」

アシュラン隊長が踵を返した。

「眠れる獅子(しし)だか眠れる虎だか知らねぇが、人間様の知恵を見せてやろうぜ？」

まずは素材収集。

フェイチームが木の盾を十五個。アシュランチームが魔法合金を十五個。その二つが、制作(クラフト)によって十五個の魔法反射の盾へと生まれ変わる。

「準備は整った。いいなお前ら！」

輝かしい盾を装着し、アシュラン隊長が声を張り上げた。

処刑場――

封じられた扉を開けて、再び大敵(レイドボス)『眠れる獅子』と対面へ。

「さあフェイ！　この調子乗った野郎を叩(たた)き起こしてやれ！」

「じゃあ早速」

目覚まし時計を起動。

その場のモンスターを目覚めさせる、実にけたたましい音が鳴り響いて――

眠れる獅子の覚醒反撃(レイジアーツ)『天から降りそそぐものがプレイヤーを滅ぼす』。

プレイヤーは滅んだ。※ゲーム内テロップ

視界が暗転。

気づいた時には、フェイたち四人は再開始地点の大広間に立っていた。

『……はい？』

どうやら自分たちは全滅したらしい。

挑戦三回目。

三度フェイたちが集合場所に向かった先では、先に着いたアシュラン隊長が頭を掻きむしっていた。

「ぶっ壊れてるだろこの難易度!?　魔法反射を貫通って何だよ！」

「アシュラン隊長、戻りました」

「おうフェイ……こりゃあ骨が折れるぜ。あの野郎の覚醒反撃、想像以上に厄介だ」

壁に寄りかかるアシュランが、やれやれと天を仰いでみせる。

「俺らも本気の作戦会議が必要だって話してたところだ。たとえば……『眠れる獅子』って名前だし睡眠攻撃に弱いはずだ。つまり眠らせる。どうだフェイ？」

「たぶん最初に戻るだけですよ。あの透明な無敵状態に」

「だよなぁ！」

アシュランが盛大に溜息。

「なら覚醒反撃を使われる前に倒すってのはどうだ！」

「俺たち開戦一秒で全滅したじゃないですか」

「その攻撃の範囲外に逃げておくのはどうだ！」

「説明文が『プレイヤーを滅ぼす』なのでたぶん回避不可能ですよアレ」

「じゃあどうすんだよぉぉぉぉっ⁉」

アシュラン隊長に泣きつかれるが、フェイもまだ突破口は見いだせていない。

なにしろ味方が全滅する理不尽攻撃だ。

「ネルさ。ゴールデンパフーの攻撃を蹴り返したみたいに跳ね返せないか？」

「……あの攻撃か。目に見えないから勘頼みになるが……」

ネルが渋い表情で腕組み。

「『天から降りそそぐ』という説明文を信じるなら、あの攻撃は天井から降ってくるはず。そこにタイミングさえ合わせればあるいは……」

「それだ嬢ちゃん！」

アシュランの目に輝きが戻った。

「ゴールデンパフーの攻撃を蹴り返したんだよな！　なら余裕だ。あの獅子野郎の攻撃だって跳ね返してやれ！」

「そ……そうでしょうか……」

「おうよ！　さあ行くぞお前ら。今度こそ決着の時だ！」

三度目の正直。

鍵を使って処刑場の扉を開く。フェイの手元には目覚まし時計。ここまでは既に定型作業である。

「起こすぞネル」

「う、うむフェイ殿。いつでも来い！」

フェイが目覚まし時計を鳴り響かせる。

それに一秒の狂いもなく、神呪『モーメント反転』を発動させたネルが、勢いよく右足を空に向かって跳ね上げた。

「はぁっ！」

眠れる獅子の覚醒反撃『天から降りそそぐものがプレイヤーを滅ぼす』。

・・・ネル以外のプレイヤーは滅んだ。※ゲーム内テロップ

『お帰りなさいませー』

「申し訳ないいいいいいいいいいっっっっっっっ！」

再開始地点の大広間で。

端子精霊の出迎えと、何とも悲しげなネルの謝罪がこだました。

「私の蹴りは成功した。それでわかったのだが……あの攻撃は何千発とふりそそぐ隕石だ。

私が蹴り返せたのは一パーセントほどで……」

「残り九十九パーセントを浴びて俺たちは全滅か」

再開始は連帯責任システムだ。

チームの誰か一人でも倒れてしまうと、その瞬間にチーム全員が再開始となる。

……普通は人数が多ければ多いほど攻略が有利になる。

……それを逆手に取った意地悪システムだ。人数の多さが仇になるな。

そして一つ経験を得た。

大敵であっても神呪は通じる。ただしあの覚醒反撃は、ネルは耐えられてもそれ以外が生き残れない。

「ってわけでどうしましょうアシュ――」

「……キレちまったよ」


集合場所で。

フェイたちを待っていたのは、「ふふ……」と目を血走らせた隊長だった。

「普通に待ってたらダメ。制作の防御アイテムもダメ。神呪もダメ。となれば残る手は一つっきゃねえ。殺られる前に殺る！」

「え？　ちょ、ちょっと隊長⁉」

「攻撃は最大の防御だ！　一番強ぇ攻撃アイテムを制作で片っ端から用意して、戦闘開始〇・一秒であいつを叩（たた）きのめす！」

吹っ切れたらしい。

そして挑戦四度目（テイクフォー）。処刑場の扉を開けて、目覚まし時計をセットして——

「うおぉぉぉぉおっっっっっ！」

隊長が吼（ほ）えた。

「この陰険野郎が！　俺の、怒りの拳を喰（く）らいやがれぇっっ！」


眠れる獅子（しし）の覚醒反撃（レイジアーツ）『天から降りそそぐものがプレイヤーを滅ぼす』。

プレイヤーは滅んだ。※ゲーム内テロップ

挑戦五度目（テイクファイブ）。

　いつもの集合場所で。

「アシュラン隊長」

「……フェイ。皆まで言うな」

大敵（レイドボス）に挑んだ男は真っ白に燃えつきていた。壁によりかかる気力も残っていないらしく、床にぐったりと寝そべりながら。

「待ってもダメ。先制攻撃もダメ。制作（クラフト）アイテムは役に立たず神呪（アライズ）も厳しい。どうなってんだよあの獅子野郎。っていうかあの攻撃」

「……手持ちの策、尽きた感じですよねぇ」

パールも溜息。

「ネルさんが言うには何千発の隕石って話ですし、あたしの空間転移も攻撃範囲外までは逃げられそうにないですし……フェイさん、何かないですか」

「ある」

「そうですよねぇやっぱり無い…………って、あるんですか!?」

パールが堪らず振り向いた。

「なんで最初に言ってくれないんです!?」

「いま思いついたんだよ。四回も全滅したおかげで四回も説明文を見返せたからな」

「……説明文のどこかが気になったんですか？」

「『プレイヤーを滅ぼす』って説明だよ。ずいぶん強調した書き方だなあって」

わざわざプレイヤーだけに絞った記載。

そこから一つ推測が成り立つ。

「プ・レ・イ・ヤ・ー以外には効果がないんじゃないかってさ」

「……何か根拠は」

「ネルが蹴り返したのに眠れる獅子が無事だった」

「むっ⁉」

ネルが、興奮気味に目を見開いた。

「そ、その通りだフェイ殿！　ゴールデンパフーと比較すればわかる。ゴールデンパフーは攻撃(ゴッドブレス)を蹴り返して倒せたのに、眠れる獅子は倒せていない！」

ネルの神呪(アライズ)で隕石の一部は跳ね返したはずなのだ。

だが眠れる獅子には効かなかった。なぜなら覚醒反撃(レイジアーツ)の攻撃対象が人間で、それ以外にはノーダメージの設定だから。

「あの降りそそぐ隕石を、人間が浴びる代わりに受けとめるアイテムが要る。人間にしか効かない攻撃だから、頭さえ守れるなら何でも防げるんじゃないか？……たとえばネルさ、前に制作(クラフト)したアイテムあったよな」

「……というと」

「こいつだよ」

フェイが手にしたのは、人間世界のどこにでもある日常品だ。

――ただの傘。

空からの落下物を防ぐという用途不明のアイテムが、ここで生きてくる。

「あああああっっっっ⁉」

フェイが手にした傘を指さして、パールが声を限りに叫んだ。

「そ、そうです！　これですよ隊長さん！」

「……おい嬢ちゃんよ。その傘でアイツの攻撃を防げるんだな？」

「間違いないですアシュラン隊長！　皆さん散って！　今から大急ぎで木材とビニールを人数分かき集めてください！」

制作（クラフト）『ただの傘』。

全員が一本ずつ傘を持ち、五度目の挑戦。

処刑場——眠れる獅子（しし）の出現場所を十六人でぐるりと囲む。

「鳴らしますよ隊長」

「おうよフェイ！　派手に鳴らせ！」

目覚まし時計を作動。

時を刻む大音量が、見えざる大敵（レイドボス）を呼び覚ます。

眠れる獅子の覚醒反撃（レイジアーツ）『天から降りそそぐものがプレイヤーを滅ぼす』。

プレイヤーは————滅びなかった。

その説明文（テロップ）に。

処刑場に、プレイヤーの歓喜の叫びがこだました。

「っ！」

「っしゃぁぁぁぁっっっ！　耐えた、耐えたぞ！」

傘を手放して喜ぶ『猛火(ブレイズ)』のチームメイト。

だが。

「まだだ、まだ何一つ終わっちゃいない！」

処刑場を震わせる獣の咆吼(ほうこう)に、フェイの全身からどっと汗が噴きだした。

不可視(インビジブル)&完全無敵(インビンシブル)が解除――

そこに黒き毛皮と真っ赤な鬣(たてがみ)をもつ獅子が顕現した。ざっと体高三メートル。人間が見上げるほどの巨体モンスターが。

「でかいっっ!?」

「お前ら退(さ)がれ！　こいつの攻撃を食らうんじゃねえぞ、一人でもやられたらまた全員再開始(リスポーン)だ！」

アシュラン隊長の怒号。

そこへ――

「姿が見えたならこっちの攻撃も効くのよね？」

黒き獅子のさらに頭上。

燃えるような髪を大きくなびかせて、元神さまの少女が飛んでいた。獅子の死角となる頭上から落下して、背中めがけて思いきり拳を振り下ろす。

1、と。

レーシェが殴った部位から、そんな数字が飛びだした。

「……1ダメージ？」

大敵の背に着地したレーシェが、珍しくきょとん瞬き。

「しまったわ！　今のわたしとっても弱いんだった！」

『――――』

眠れる獅子が頭を振り上げた。

背中に着地したレーシェを宙へと跳ね上げ、そこへ思いきり前脚を振り上げる。滑りを帯びた茶色の爪を覗かせて。

「っとぉ」

レーシェが身を翻した。猫さながらの俊敏な空中機動で胸を反らし、迫り来る爪を薄紙一枚の差で避ける。

「……あーもう。リボンが裂けちゃったじゃない！」

胸のリボンが真っ二つ。恐ろしいほど鋭利に裂かれた服の胸元を手で押さえつつ、レーシェが処刑場の端へと着地。

「やれお前ら！」

アシュラン隊長の命令で、大敵(レイドボス)を囲む部下たちが一斉に身構えた。

魔法士型の使徒による一斉掃射。

炎が、冷気が、雷が、突風が、黒き獅子の四つ脚や顔面めがけて機関銃さながらに撃ち放たれる。

だが。

離れたフェイさえ目が眩(くら)むほどの発光と、息さえつまる衝撃波。

1，1，1，1，1，1，1，1，1，1，1.

発生する数字はすべて「1」。つまりは最小ダメージしか効いていない。

「お、おい!?　なんで俺らの攻撃が1なんだ!?」

『…………』

黒の獅子が足を踏みだした。

顔面に受ける魔法さえ、ただの温(ぬる)いシャワーでも浴びているかのように平然と。

「退(さ)がれ！」

同時だった。

フェイの声で使徒たちが跳び退(の)くのと、眠れる獅子の爪先が床をえぐり取ったのは。

「こいつダメージがまともに通っちゃいない！」

ほぼ無敵に近い耐久力。

人間側からの攻撃が常に「1」だとして、この大敵（レイドボス）の体力はどれほどなのだ。

「の、残り体力（ライフ）出ました！………249万7301！」

悲鳴にも似た声で、女の使徒が叫んだ。

モンスターの体力（ライフ）が見えるという双眼鏡で大敵（レイドボス）を見上げて。

「アシュラン隊長ダメです！　このペースじゃ十年かけても削りきれません！」

「ど——なってんだよこの難易度は⁉」

正攻法では撃破不可能。

いくら弱体化しているとはいえレーシェの拳でさえ「1」。おそらく外部からの全攻撃が1ダメージに設定されている。

『——————』

獅子（しし）が雄叫（おたけ）びを上げた。

前脚二本を揃（そろ）って高々と振り上げて。

「全員、跳べ！」

——眠れる獅子の『地雷震』。地上の全対象を破壊する。

処刑場の床が割れ砕けた。

岩盤がさらさらの砂にまで粉砕。間一髪で跳躍していなければ、床に立っていた人間もその衝撃波に呑(の)まれて跡形なく消滅していただろう。

「くそっ。まだこんな反則攻撃持ってたのかよ！」

「……い、いえ！　待ってくださいアシュラン隊長！」

ライフ監視の双眼鏡を手にした少女が、黒い獅子を指さした。

「効いてます！　残り体力(ライフ)１７８万５７８９！」

「はぁっ!?　そりゃどういう……いや、まさかそういうことか!?」

アシュランが息を呑む。

「今の攻撃が『地上の全対象』だから、地上にいたあの野郎もダメージを受けたのか！」

プレイヤー指定の覚醒反撃(レイジアーツ)との相違点。

それは説明文(テロップ)にある攻撃対象だ。「全対象」には地雷震を放った大敵(レイドボス)も含まれる。ゆえに体力(ライフ)を大きく失ったのだろう。

——これが攻略法。

プレイヤー側が攻撃を繰り返すことで、眠れる獅子が反撃行動。そのダメージを自らに与えることで体力(ライフ)を削る。

「持久戦だ！　あいつの反撃を誘発させる！」

「お前ら無茶(むちゃ)するんじゃねえぞ、アイツの反撃を躱(かわ)し続けろ！」

フェイ、アシュランの声が連鎖。

眠れる獅子から常に距離を取り、魔法士型の使徒が遠距離攻撃。1という極小ダメージを積み上げていく。

再びの反撃を誘発させるために。

『――――――』

獅子の二度目の雄叫び。

両足を揃えて高々と振り上げる、反撃の態勢へ。

「来るぞ、跳べ！」


――眠れる獅子の『地雷震』。地上の全対象を破壊する。


その場の全員が宙へと飛んだ。

眼下で地雷震の衝撃波が広がり、床がさらに大きく砕けて粉塵が舞い上がる。

「せ、成功です隊長！」

少女の声には、隠しきれない興奮が。

「眠れる獅子の残り体力１４９万３１１１……あと八回……いえ七回繰り返せば！」

「気ぃ張れお前ら！　十六人の長縄跳びだと思え！」

地雷震に合わせて一斉に跳ぶ。

アシュランの縄跳びという喩(たと)えも遠からず的を射ている。

一人でも引っかかれば即全滅。その合間も、眠れる獅子が襲いかかってくるのを躱(かわ)し、遠距離から魔法で1ダメージをひたすらに積み上げる。

「……なんて厄介なボスだよおい」

そう指示したアシュランの頬(ほお)を伝っていく大量の汗。

瞬(まばた)きが許されない。

瞬きの〇・一秒は、このモンスター相手には大きすぎる。いつ地雷震が放たれるか、眠れる獅子の挙動で見極めるしかないからだ。

……精神をすり減らす持久戦だ。

……全員が「自分が失敗しちゃいけない」極度の重圧感(プレッシャー)と戦ってる。

眼球がカラカラに乾いていく。

瞬きもできない極度の集中で、この場の皆が同じ苦しみに耐えている。

「全員、跳べ！」

四回五回、そして六回。

プレイヤー側は極限まで精神力をすり減らし……

大敵(レイドボス)『眠れる獅子』もまた地雷震によって体力(ライフ)を削っていく。体力(ライフ)１２１１万、99万、76

万、54万、31万、11万。

その応酬が、もはや何時間続いたかもわからない。

「残り体力(ライフ)5981っ！　これが最後です！」

ライフを監視し続けてきた少女が、叫んだ。

「あと一発です！　あと一発避(よ)けられれば……眠れる獅子(しし)の体力(ライフ)が尽きます！」

「お前ら、焦(あせ)るなよ！」

大粒の汗を滴らせながら、アシュラン隊長。

「これで最後だ。アイツの反撃を避けることに集中しろ！」

黒の獅子が動いた。

その両脚を天へと振り上げる――地雷震の予兆を見て取った瞬間に、その場の十六人は誰もが無言のうちに動いていた。

来る！

処刑場の壁ぎりぎりまで退いた距離で、地雷震の衝撃波が地を伝って飛んでくる瞬間に全力で飛び上がる。そのはずが――

「……あっ⁉」

処刑場の片隅から、少女の悲鳴が聞こえたのはその時だった。

双眼鏡を手放して床に倒れる少女。

大敵（レイドボス）の体力（ライフ）監視に集中しすぎるあまり、彼女は足下の罠（わな）に気づかなかった。

床に生まれた大きな亀裂。幾度もの地雷震によって床が大きくひび割れて、その裂け目に足を取られたのだ。

「サキ!?」

アシュラン隊長が振り返るも、もう遅い。

フェイやレーシェ、パールは既に宙（そら）へと飛び上がり、猛火（ブレイズ）のメンバーたちも彼女からは距離がありすぎる。

跳べなければ地雷震を避けられない。

地雷震に触れれば即死。そして一人でも倒れたら全員が再開始（リスポーン）を強制される。

……ここまで来たのに？

大敵（レイドボス）にたどり着き、不可視（インビジブル）&完全無敵（インビンシブル）の謎を解き、幾度もの挑戦と試行錯誤の果ての果てに覚醒反撃（レイジアーツ）をも突破した。

無尽蔵じみた眠れる獅子の体力を、ようやく99パーセント減らしたというのに――

また『やり直し』なのか？

これだけの時間を費やしても撃破に至らないのか？

その芽生えかけた諦観を――

「っ、どけえええええええええっっっっっっっ！」

少女の気勢が薙ぎ払った。

艶やかな黒髪を大きく乱し、黒き巨体の獅子へと駆けだした。

「ネル!?」

少女は応えない。

応える一瞬さえ惜しんで床を蹴る。

『――――――――』

眠れる獅子の地雷震。

それは天へと振り上げた両脚を、大地に振り下ろすことで生じる超威力の衝撃波だ。

つまり――

「振・り・下・ろ・さ・せ・な・け・れ・ば・い・い・ん・だ・ろ・う」

少女が飛んだ。

巨大な獅子が振り下ろした両脚めがけ、ネルは、自らの右足を天めがけて蹴り上げた。

「ぐっ……っっあああああああっっ！」

地へと振り下ろされる獣の脚。

天へと蹴り上げられる人の足。

その二つが空中で衝突した瞬間、「轟ッ！」と大気が破裂する音が響きわたった。

――かつて。

この遊戯(ゲーム)に参加する前。マル＝ラ支部の同僚だった男がこう言った。「ネルは優秀な使徒(ダークス)だ。必ずやお前の戦力になるだろう」と。

諦めの悪さ。

三敗して引退してなお、恥も外聞もかなぐり捨てて他都市のフェイに再起(カムバック)を願い出る。

そんな少女の執念が――

「もう一度っっ眠ってろおおおぉぉぉぉっっっっっっ！」

獅子の両脚を、ネルの爪先が跳ね上げる。

神呪(アライズ)『モーメント反転』。蹴ることさえ適(かな)うなら神の力をも跳ね返す――獅子の両脚を、獅子の顔面めがけて蹴り返す。

『ツツツツッ！』

大敵(レイドボス)が大きくのけぞった。

地雷震の連発で自らも体力を99パーセント以上削ったダメ押しに、自らの攻撃を蹴り返されて。

「固まったです？」

パールが弱々しく呟(つぶや)いて見上げる前で、大敵(レイドボス)の巨体がよろめいた。

誰もが固唾を呑(の)んで見守るなか。

『――――』

黒き巨体の大敵は、地響きを上げて倒れていった。

「…………はぁ……っ……ぁ……」

息を荒らげながらネルが着地。

そんな彼女の目の前で、眠れる獅子の巨体がゆっくりと透けていく。背景に同化するように消えていって。

――再び眠りへ。

大敵が消えた後には、真珠色に輝く戦利品『黄泉がえりの鈴』。

「……ふぅ」

誰もがまだ呆然としているなか、フェイは額の汗を拭い取った。

「アシュラン隊長」

「お、おう」

「見てのとおり俺らの勝利です。ＰＯＧ（最優秀選手）を選ぶならネル一択で」

「っ！　勝ったのか！　っしゃぁぁぁぁぁぁぁぁぁあ！」

アシュラン隊長の雄叫び。

わぁ、とチーム『猛火』のメンバーたちも一斉に飛び跳ねる。その後ろでも――

「ネルさんんんんんんんんっっっっ！」

「わっ!?　パ、パール……？」

感極まったパールがネルに抱きついていた。

「勝ったんですよあたしたちっ！　ネルさんが頑張ってくれたおかげで！」

「まさか最後の攻撃を蹴り返すなんて！　あんな発想できませんよ普通！」

「そ、そうだろうか……私も無我夢中でよく覚えてなくて……」

「覚えてなくても、ここに証拠の戦利品(アイテム)がありますよ！」

パールの手の平にある、真珠色の鈴。

「ネルさんが手にするべきです！」

「……そ、そうか。鈴は、アシュラン隊長の所持品と似た形だな？」

ネルが、パールの手から『黄泉がえりの鈴』を摘(つま)み上げる。

用心深く観察しながら。

「名前からして、もしや倒れたプレイヤーを蘇生(そせい)することができるのか？」

「凄(すご)いアイテムじゃないですか！　ちょっと鳴らしてみましょうよネルさん！」

その瞬間。

少女二人のやりとりを見守っていたフェイの脳裏に、「とてつもなく嫌な予感」が突如として浮かび上がった。

「罠だ！　ネル、その鈴を鳴らすな！」

「え？」

チリン……

フェイの「待った」も間に合わず、ネルが手にした鈴が涼やかな音を響かせる。

澄んだ音が処刑場に沁み渡って。

『――――ッ！』

巨大な黒獅子が再び顕現。

眠りについた眠れる獅子が再び目を覚ました。

「な、なななななんでぇぇぇえっっ⁉」

「鈴の音で目が覚めたんだよ！」

目覚まし時計の音で目を覚ましたように、この大敵はアイテムの特殊音で覚醒する。

要するに――

この戦利品そのものが再戦の罠だったのだ。

「ボスが完全復活です、体力２５０万！」

「このダンジョン性格悪すぎですぅぅううっっ！」

「すまないいいっいいっいいいっっっっ！」

もう嫌だこの迷宮。

誰もがさすがに心折れつつあった、その瞬間——

轟音を響かせて処刑場の天井が砕けた。


「見つけたよ人間ちゃん！」


銀髪をなびかせた少女。

幻想的な赤い瞳を爛々と輝かせて、その少女が天井の大穴から飛び降りた。

「我、参上！」

あろうことか眠れる獅子の後頭部に着地。

「ふっふっふ。隠れんぼは我の勝ちだったようだね！　まあ我は無敗だし！」

「……ええとどちら様？」

嬉しそうに声を弾ませる少女。

だがあいにく自分は、そんな彼女に見覚えがない。

なんとも派手な字体で「無敗」と書かれたシャツを着て、その上にだぶだぶのパーカー。

チョーカーやイアリングまで身につけている。

顔立ちは超がつくほど可愛らしいのに、服装があまりに独特すぎて浮いている。

こんな派手な少女など一目見たら忘れないはずなのに。

……でも声は聞き覚えがある気がする。

……あれ誰だっけ？

声だけは頭の中でちらほらと引っかかる。

「あっれー？　無敗の我を忘れたとは言わせないよ！」

「……まさか」

愛らしくも自信たっぷりな口ぶり。

フェイの脳裏をよぎったのは、黒い着物姿の少女だった。

〝あっれー。負けちゃった〟

〝次はもっと難しいゲームを考えておくから。また遊ぼう〟

透けるような銀髪と、紅玉を思わせる大きな瞳。

これでもかと強調された「無敗」の二文字。そこから思いつくのは、神秘法院から撃破不可能と恐れられた無敗の神――

「ウロボロス!?」

「そう、我だよ！」

少女の姿をした神が、嬉しそうに声を弾ませた。

「また遊ぼうって言ったのにちっとも来ないんだもん。もうね退屈で退屈で、我の方から遊びに来ちゃったよ！　こんなゲームやめて我の――――」

獣の咆吼。

ウロボロスが立っているのは『眠れる獅子』の頭上である。この大敵は今まさに全快で復活したばかり。

つまりは戦闘開始の、あの覚醒反撃が待っている。

眠れる獅子の覚醒反撃『天から降りそそ――――

「・・・うるさい」

ウロボロスが軽くパンチ。

眠れる獅子に8京7991兆3億とんで1999ダメージ。

眠れる獅子を撃破した。

『…………………』

バタンと倒れる巨体の獣。

神の拳を受け、大敵『眠れる獅子』は今度こそ消えていったのだった。

「もうっ。我の話の最中だぞ犬っころ？」

神の少女がふわりと着地。

ちなみに後方では「……俺たちの今までの苦労って」と悲しみに打ち拉がれている隊長がいるのだが、もちろんウロボロスがそれを気にする様子はない。

「おや？　何か出てきたよ？」

ウロボロスの足下が発光。

そこから黄金の剣が突き立てられた石の土台が浮かび上がってくる。

――セーブアイテム『ライオンハート』。

――勇敢なる者たちへ。いつでもこの戦いの場に戻ってくるがいい。

『セーブアイテムだとぉぉぉぉぉぉおっっっっ⁉』

疲労困憊で座りこんでいたチーム『猛火』の面々が、ここぞとばかりに立ち上がった。

黄金の剣の刺さった土台へ駆けよって。

「セーブポイントだ！　間違いない！」

「私たち帰れるのね！」

剣に触れた者の名前が土台に刻まれていく。

記念碑に名を記すことで、この遊戯のセーブ完了ということなのだろう。

「なーるほど。あとは剣を土台から引き抜けばアイテム発動。俺たちは人間世界に帰れるってことだな。ようやくか。いやぁ助かったぜフェイ」

「…………」

「ん？　どうしたフェイ、そんな神妙な面して。こんな迷宮さっさとおさらばだろうが」

「アシュラン隊長、実は引っかかってることがあって」

嫌な予感がする。

セーブアイテムを入手しても、事態はちっとも改善されていないのでは？　その推測をどこまで伝えるべきか……

「あっれー？　何が嬉しいんだい人間たち？」

無邪気な少女の声が、処刑場にこだました。

目の前のセーブアイテムと、その周りに集うチーム『猛火』を交互に見比べて。

「セ・ー・ブ・し・ち・ゃ・っ・た・の・に？　嬉しいの？」

「おうよ神さま。これで現実に戻れるんだぜ。九死に一生じゃねえか」

「その後は？」

「……へ？」

「人間世界に戻るよね。また『神々の遊び』に挑戦するよね？　ここでセーブしたから、巨神像からのダイヴ先もこのダンジョンに設定されたと思うよ」

この遊戯は断念を許さない。

人間世界への一時帰還を許されたかわりに、この迷宮を最後まで攻略しないかぎり他の遊戯にも挑戦できない。

……そう。このセーブは救済じゃない。ただの「一時しのぎ」なんだ。

……どうあがいても遊戯を攻略するしかない。

だが、いったい何人が気づいているだろう。

自分の推測が正しければ、この遊戯にはさらに致命的な欠陥がある。

「だ、だけどよ！　こうして現実帰還のアイテムも取得できたんだぜ。このとんでもねぇ迷宮だって時間かければ攻略できるって！」

「あっれー？」

気丈に言い返すアシュラン隊長を見上げて、少女が再び首を傾げる仕草。

「人間。まだ気づいてないの？」

「な、何がだよ！」

「このゲームって終わらないよね」

「っ⁉」

「このゲーム、ストーリー……が進まない……バグがあるよね……」

ざわっ。

神の少女が発した一言に、処刑場の空気が変わった。

「……ど、どういうことです⁉　ストーリーが進まないバグって⁉」

「パール」

眉根を寄せて考え込む少女に、フェイはたった一言。

「俺たちがこの迷路に到着してすぐにさ、端子精霊（ミイブ）から聞かされた迷宮伝説があっただろ。覚えてるか？」

「も、もちろんです！　神さまが死んじゃったのって衝撃でしたから！」

昔昔あるところに、迷路作りに熱心な神さまがいました。

神さまは、迷路の一番奥で人間が来るのをワクワクして待っていました。

……が、誰も迷路を攻略してくれず、神さまは退屈のあまり死んでしまいました。

「じゃあもう一つ」

パールに話しかけながら。

処刑場に立つ十五人全員に伝えるつもりで、フェイは言葉を続けた。

「このゲームのクリアって、具体的にはどうすることだっけ」

「へ？　迷宮を脱出することじゃ……」

「いいかパール。端子精霊（ミイブ）はこう言ったんだ。『迷宮の最深部にいるラスボスを撃破すること』。そうすることで最後の扉が開いて脱出成功ってな」

「……は、はあ」

パールの反応は今ひとつ。

自分は何を言っているのだろう？　そんな腑に落ちない表情だ。

「パールもう一度だ。端子精霊から聞かされた迷宮伝説を復唱してくれ」

「神さまは退屈のあまり死んでしまいました」

「その前」

「神さまは、迷・路・の・一・番・奥・で・人・間・が・来・る・の・を・待・っ・て・い・ま・し・た」

「うん。次にクリア条件も」

「迷・宮・の・最・深・部・に・い・る・ラ・ス・ボ・ス・を撃破すること……あ、あれ？」

神は迷宮の一番奥にいる。

ラスボスも迷宮の最深部にいる。

ということは――

「な？　迷宮の一番奥で待っている神さま＝ラスボス役って推測できるだろ」

「っ!?　神さまは既に死んじゃったんですよね!?」

「だからヤバいんだよ」

迷宮から脱出する扉がある。

それを開く条件は「プレイヤーが神を倒す」こと。なのに肝心の神が退屈のあまり何百年も前に自然消滅死してしまった。

「クリア条件が『神（ラスボス）を倒すこと』。なのに『神（ラスボス）が倒されずに消滅死』したことで、達成不可能になった。迷路から脱出する扉が永遠に開かない」

「は、はいいいいっっっっ!?」

だから神（ウロボロス）の少女はこう言ったのだ。

この遊戯（ゲーム）は終わらないと。


神（ラスボス）の不在という極悪バグにより、当該ゲームはクリア不可能。


「……嘘（うそ）でしょう?」

呆然（ぼうぜん）となるパールと、そして『猛火（ブレイズ）』の面々。

そのメンバーと、そして誰よりも自らに言い聞かせるつもりで。

「ってわけで」

フェイは、たった一言口にした。

「そろそろ本気で攻略してみるか」

Chapter Continued 俺、参戦

神秘法院マル＝ラ支部。

その八階ホールには、歴代の都市交流戦でこの地を訪れた使徒たちの写真が何十枚と飾られている。

いずれも名だたるゲームの達人たち。

その顔ぶれを無言で見つめている彼の下へ、小さな足音が近づいてきた。

「お待たせしましたダークス」

チームの相棒である少女ケルリッチが、資料ファイルを手にして。

「説得に三時間ほどかかりましたが、事務長がようやく折れました。例の迷宮、私たちもダイヴ許可だそうです。救援チームの第三陣として」

「ご苦労だ、ケルリッチ」

振り返るダークスの目には爛々（らんらん）と輝く熱が滾（たぎ）っていた。それは紛（まぎ）れもない。前代未聞の遊戯（ゲーム）に対する飽くなき好奇心——

「ちなみにこのゲーム、下手すると二度と帰ってこれないらしいですよ」

「恐れているのかケルリッチ？」

「いいえ」

褐色の少女の応えに、迷いはなかった。

「ゲームとは恐れるものに非ずあらず」

「楽しむものだ」

満足げに頷うなずいて、黒衣の青年がコートをひるがえした。

不安など欠片かけらもない。

なぜならこの先に、自分が認める唯一無二の好敵手が待っているから。

「フェイよ！　やはり俺とお前は再び出会う運命らしい。そう、この迷宮とやらが、俺とお前の新たな交叉点クロスロードとなるだろう！」

「……自分から会いに行くくせに運命ですか」

やれやれと溜息ためいきで応えるケルリッチ。

「そういえば聞きましたかダークス。例の噂話うわさばなし……救援チームに当初入ってなかったあのチームも準備をしているとか」

「ほう？　遂ついに動きだしたか、『すべての魂の集いし聖座マインド・オーヴァー・マター』！」

わずか四人から成る世界最強チーム。

本部から強い要請があったのか、それとも何かしらの心変わりがあったのか。いずれにせよ、あの四人が脱出不可能の迷宮ゲームに向けて動いている。

「噂話（うわさばなし）ですよ」

「十分だ」

世界最強チームがいる。

唯一無二の好敵手がいる。

そんな最高の遊戯（ゲーム）が、今、幕を開けようとしているのだ。

「ゆくぞケルリッチ！　そして待っているがいい、フェイ！」

相方の少女を従えて。

「俺の参戦だ！」

遊戯（ゲーム）の貴公子（プリンス）ダークス——神の迷宮ルシェイメア、参戦決定。

あとがき

〝我、無敗だが、何か？〟


『神は遊戯に飢えている。』第3巻、手に取って下さってありがとうございます！

ゲームに夢中になるのは人も神さまも共通で――

第1巻では人類vs神々。

第2巻ではフェイとダークスによる対人戦があり。

第3巻では遂に、神自らがプレイヤー側となっての参戦です。

カバーイラストのお披露目の時から反響を頂きましたが、満を持して（自称）無敗の神が参戦となりました。（智瀬といろ先生にとっても可愛くデザインして頂き、表紙は細音もお気に入りです！）

と同時に――

今回の3巻はネルの復帰劇でもありました。

フェイのチームに加わったネルがこれから奮闘していく姿も、ぜひぜひ見守ってあげて下さいね！

ここで一つお知らせを。

本作『神は遊戯に飢えている。』のコミカライズが連載開始です！

作画は鳥海かぴこ先生。第一話は、この第3巻とほぼ同日にあたる8月27日刊行の月刊コミックアライブ10月号に掲載です。

鳥海かぴこ先生がとても丁寧に原作を読みこんで、そして漫画に昇華して下さっているのが伝わってきて、細音もこの先の展開が待ち遠しいなと！

漫画のなかで動くフェイやレーシェをぜひ応援して下さい！


さて、この第3巻も多くの方々にご協力を頂きました。

本作を一緒に作って下さった担当Kさん。今回も神級イラストを数多く描いて下さった智瀬といろ先生、ウロボロスのカバー最高でした……！

そしてこの本を手に取って下さったあなたへ、本当にありがとうございます！


第4巻は冬頃になるかなと。

最大規模でプレイヤーが入り乱れるダンジョン攻略、こうご期待です！

夏のお昼時に　細音　啓

Character 1
キャラクター紹介

NAME ネル・レックレス

PROFILE

現18歳。

フェイより一年早く使徒として認定され、その類い希な運動力と持ち前の負けん気から、マル=ラ支部の若きエースになると期待されていた少女。

既に3敗して引退済みだが……?

神呪(アライズ)『モーメント反転』

蹴ったエネルギーを跳ね返す。

SPEC

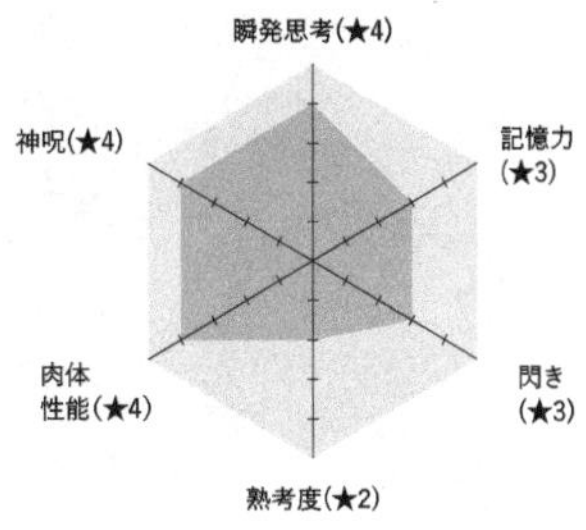

神呪★4

ネルの足が触れたエネルギーを蹴り返す。

(真正面に跳ね返すことはもちろん、多少の角度調整も可能)

トラックでもミサイルでもレーザービームでも、その反転に上限がないことから、神の力さえ押し返すことが可能。ただし大波や雪崩など広範囲におよぶものは、蹴り返せるのはその一部。

強力だが、ネルの運動能力があってはじめて本領発揮できる操作難易度の高い力。

瞬発思考★4

咄嗟の負けん気、追いつめられた時の機転に長けるタイプ。ただ熟考は苦手。

Character 2
キャラクター紹介

NAME ウロボロス(人間ver)

PROFILE

『我、無敗だが何か?』

無限神ウロボロスが、フェイとの再戦を催促しにきた姿。
神を捨てて人間となったレーシェと異なり、あくまで本体は霊的上位世界にいる龍。

SPEC

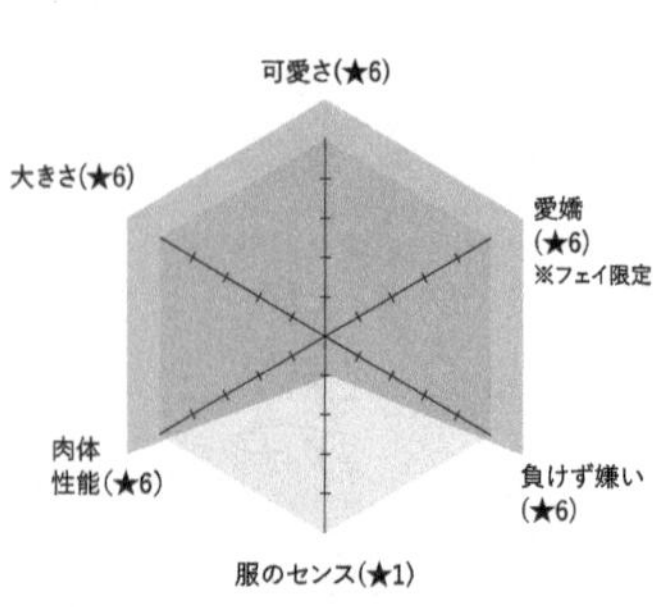

可愛さ、肉体性能などなど★6

およそ全パラメーターが★5(最上位)を超えた上限突破。
どのゲームに参加してもプレイヤーどころかゲームマスターに君臨してしまう影響力を持つが、ウロボロス自身は自ら作ったゲーム以外には積極的な介入を好まない。

服のセンス★1

自称、神の世界の最先端ファッション。
「嘘よ」(レーシェ)
「冗談言わないでほしいわね」(ブックメーカー)

MF文庫J

神は遊戯(ゲーム)に飢えている。3

2021年 8月 25日 初版発行
2024年 3月 15日 4版発行

著者 細音啓

発行者 山下直久

発行 株式会社 KADOKAWA
〒102-8177 東京都千代田区富士見 2-13-3
0570-002-301(ナビダイヤル)

印刷 株式会社 KADOKAWA

製本 株式会社 KADOKAWA

Printed in Japan ISBN 978-4-04-680700-7 C0193

【 ファンレター、作品のご感想をお待ちしています 】
〒102-0071 東京都千代田区富士見2-13-12
株式会社KADOKAWA MF文庫J編集部気付「細音啓先生」係 「智瀬といろ先生」係